NÓS

Adriana Armony

PAGU

NO METRÔ

Estou pendurada na parede feito um quadro. Me olham, examinam a boca, os olhos moles de Pagu. Ternos atravessam a sala, bocas cheias de dentes. Tenho um rosto que ainda não sabe que vai envelhecer. Eh Pagu eh.

Mixórdia no salão iluminado. Aperitivos escorregam das gargantas. Madame se comporta bem, monsieur fuma charuto. Ela aponta para um pedaço do corpinho. Mister balança a cabeça em sinal de aprovação.

Mas Pagu sonha. Seu sonho é confuso, flutua entre luz e pesadelo. Uma criança brincando descalça no asfalto. Um grito solto no escuro, uma mulher levantando a saia. Um carro derrapando, tiros. Operárias de coxas fortes dançando e rindo. Pessoas de todas as cores e formatos deslizando pelo metrô. A arquitetura gloriosa refletida no rio. Rostos de velhotes se derretendo na penumbra.

Puseram um prego em meu coração para que eu não me mova. Mas conservaram os meus olhos.

Se estou morta? Em Paris, é bonito morrer.

1

Paris, fevereiro de 2019

De novo no metrô, estação République. Já me acostumei com o ritmo regular dos passos que martelam os corredores. Tlac tlac tlac. Mulheres de salto, jovens de tênis, homens apressados, turistas, todo um pequeno exército de pessoas que conhecem o seu destino. Eu também tenho o meu, só não sei ainda por onde começar. Então, sentada no banco colorido do trem, abro mais uma vez o livro.

Ali está ela, fulgurante em seus 18 anos de normalista. A boca pintada de roxo e os cabelos desgrenhados como raios de sol. "Pagu era selvagem, inteligente e besta", ela se diz, no Álbum de Pagu. "Era uma menina forte e bonita, que andava sempre muito extravagantemente maquiada, com uma maquiagem amarelo-escura, meio cor de queijo Palmira", escreve Oliveira Ribeiro Neto. Alguém pergunta, numa entrevista: "O que você pensa, Pagu, da antropofagia?". "Eu não penso, eu gosto", ela responde. No banco do lado, uma garota encosta a cabeça no ombro de um rapaz magrelo com fones de ouvido. É bom só gostar, assim sem explicação.

—

Sigo pela trama das linhas do metrô de Paris em direção à plataforma. Dos corredores vem uma lufada fria das entranhas de Paris: uma mistura de suor, comida azeda e um odor um pouco doce, como o de um perfume que não consegue esconder o cheiro de um morto. Eu me apresso, e me surpreendo com o ritmo dos meus passos. Tlac tlac tlac. Estou quase lá.

—

Meu nome é Adriana Armony. Parece nome artístico, mas não. Não tem a ver com harmonia, como alguns imaginam. Armony sem agá. E com ípsilon. Significa "meu castelo", em hebraico, como me informou a rabina ao assinar uma dedicatória depois de uma palestra no Museu judaico, como me informam sempre os que sabem hebraico. Gosto especialmente desse significado porque me lembra o castelo de Kafka, com suas mulheres estranhas.

Foi por um equívoco que Patrícia Galvão virou Pagu. Raul Bopp achou que era Patrícia Goulart, criou um poema e o apelido com as duas sílabas charmosas. "Coco de Pagu" descreve o fascínio de um homem velho. Na sua primeira versão, publicada com ilustração de Di Cavalcanti na revista *Para Todos*, o poema era assim:

Coco de Pagu

Pagu tem uns olhos moles,
Olhos de não sei o quê
Se a gente está perto deles,
A alma começa a doer

Eh Pagu eh
Dói porque é bom de fazer doer

Pagu! Pagu!
Não sei o que você tem.
A gente, queira ou não queira,
Fica lhe querendo bem.

Eh Pagu eh
Dói porque é bom de fazer doer

Você tem corpo de cobra
Onduladinho e indolente,
Dum veneninho gostoso
Que dói na boca da gente.

Eh Pagu eh
Dói porque é bom de fazer doer

Eu quero você pra mim,
Não sei se você me quer.
Se quiser ir pra bem longe
Vou pronde você quiser.

Eh Pagu eh
Dói porque é bom de fazer doer

Mas se quiser tar pertinho,
Bem pertozinho daqui.
Então... você pode vir
Ai ti ti ti, ri ri ri... ih...

Eh Pagu eh
Dói porque é bom de fazer doer

Muitos anos mais tarde, nos anos 2000, Rita Lee lançará uma música intitulada *Pagu* que fará imenso sucesso. Quase um hino feminista, a música proclama: "Minha força não é bruta / Não sou freira, nem sou puta"; "Sou rainha do meu tanque / Sou Pagu indignada no palanque".

—

Gosto de pensar que Pagu circulou por esses túneis. Como era o cheiro deles? Paris tem muito de uma cidade do século XIX, mas aqui e ali se levantam testemunhos de destruição. Um dos prédios onde morou Pagu é um pedaço feioso de pedra lisa e escura. Rue Lemercier, 12, no lado popular do $17^{\text{ème}}$ arrondissement. Provavelmente antes havia um prédio como os outros, de estilo haussmaniano, destruído por um bombardeio britânico durante a Ocupação de Paris pelos alemães, na Segunda Guerra Mundial. Antes de se erguer o novo edifício, talvez uma mulher tenha revirado os destroços em busca de fotografias: a pose de casamento, os filhos bem-arrumados, o marido de uniforme. Ou talvez todos tenham morrido.

—

Eu poderia escrever muitos livros sobre Pagu, de muitas maneiras diferentes. Começando por várias partes. Por exemplo, por Zazie. Por Mara Lobo, a guerrilheira. Ou pelo primeiro aborto. Em sua autobiografia precoce, a carta-confissão dirigida àquele que seria o seu companheiro de toda a vida, Geraldo Ferraz, Patrícia conta como perdeu seu primeiro filho, aos 14 anos:

"Vontade de ir andando até cair e morrer. Tomei um bonde para Pinheiros. Depois, fui parar no Jardim América. Era o mato. Caí, chorei. Mas não morri. Um automóvel passou. Era o Cirilo Júnior. Ele me carregou para a casa da Lolita, que era a pequena dele. Sei que me embriaguei. Que falei muito. Que me levaram ao Luciano Gualberto."

"Mas não morri." Eu poderia começar com essa declaração óbvia, um pouco cômica e comovente. Continua assim:

"O ladrilho pegajoso nos lábios. O que fazer de tanto sangue? Todo o corpo se deformando. Se desfazendo na angústia. O sangue ostensivo entre os dedos, cabelos, olhos, os coágulos monstruosos entupindo tudo. É preciso não deixar esse sangue. Como não morri no auge da alucinação? Sentir nos dentes a consequência de tudo. Como livrar a vida dessa noite?"

Na sequência, eu narraria o segundo aborto de Patrícia. Ela estava grávida de Oswald de Andrade, então marido de sua ídola Tarsila do Amaral. Tinha se entregado a ele "com indiferença, talvez um pouco amarga". "Só afinidades destrutivas nos ligavam", diz. Mas a notícia da gravidez a tinha deixado eufórica. Era uma razão para viver, um velho sonho que tomava corpo. Apreciava mais a companhia de Oswald. Corria pelos campos e quis um cachorro enorme.

"Um dia, matei a criancinha." Tinha se atirado nas águas então tumultuosas do rio Pinheiros e ficou uma hora lutando contra a correnteza. Quando conseguiu sair do rio, com muitas dores, foi à maternidade e deu à luz um cadaverzinho. Ao lado, as crianças nasciam normalmente, e teve ódio de uma bebê linda que a enfermeira lhe trouxe para mostrar. Em casa, deu todos os brinquedos que tinha comprado. Deu a boneca para a parteira Leonina, e fico pensando se não escolheu mais tarde o nome que usou em Paris, Léonie, em homenagem a ela. Léonie Boucher, Leonina açougueira.

Posso imaginar como Patrícia se sentiu. Como muitas mulheres, também perdi um bebê. E tive outros, como Patrícia teria depois o seu. Rudá, seu menininho de cabelos dourados, com seu pijaminha, o polegar deformando a boca e a outra mão atrapalhada nos cabelos. Aquele que ela queria esmagar no seu seio, aquele que não devia conhecer aquela ternura criminosa.

Eu me reconheço na Pagu de 14. Tenho 16 anos, e estou numa maca branca diante de um buquê de enfermeiras. Uma delas pega minha mão, diz que não vou sentir nada. Uma outra tenta inúmeras vezes pegar uma veia fugitiva, meu braço está todo furado e com manchas roxas, e então aproximam das minhas narinas um lenço cheirando a éter. As coisas giram e começam a se apagar lentamente.

Quando acordo, chove fino na janela. Estou deitada sobre lençóis muito limpos, no branco leitoso de um quarto. Diante de mim, deixaram uma bandeja com biscoitos de maisena. Mastigo um a um lentamente. Eu era um corpo sem um bebê. Só a água, a massa doce na minha saliva, o sorriso triste de uma enfermeira me consolam. Tão nova, coitada.

O que Patrícia não diz é como aconteceu o seu primeiro aborto. Nós a vemos ainda menina andando, caída no mato, resgatada pelo Cirilo Júnior. Olympio, o pai, estava em Hollywood, rodando um filme romântico. Depois, o sangue entre os dedos, os coágulos monstruosos. Eu também os conheço. É preciso beber esse sangue.

Patrícia saiu da escola, passou um ano presa na cama, sem falar, sem escrever, só com o pensamento torturante, a mãe velando suas noites. Quando voltou a andar pela vida, estava sem vida. Alguns anos depois, renasceria como Pagu.

—

Pagu é o "anúncio luminoso da antropofagia", saúda Álvaro Moreyra, num texto ilustrado por um retrato de Pagu feito por Di Cavalcanti na revista *Para Todos*, em 1929. A Pagu do desenho segura uma piteira, os olhos entrefechados, uma perfeita melindrosa dos anos 20. No Álbum de Pagu, também de 1929, ela desenha a personagem de forma parecida: o corpo virado de lado, os lábios carnudos, uma Betty Boop de olhos meio fechados, por baixo do nome Pagú, com acento. Numa foto que coloquei como tela principal do meu celular, a mesma pose: sentada numa banqueta de madeira esculpida, o corpo de perfil abraçando uma das pernas dobradas em direção ao tronco, Pagu entrega o rosto de olhos baixos, uma Monalisa entre a ousadia e a inocência. Mais tarde, em um texto escrito pelo filho que teve com Geraldo Ferraz, leio que Patrícia detestava esse apelido.

—

Eu poderia começar o livro por algumas frases, atravessando a narração como lâminas:

"O primeiro fato distintamente consciente da minha vida foi a entrega do meu corpo. Eu tinha doze anos incompletos."

"Não houve a menor violência de Olympio, nesta posse provocada por mim."

"Porque com o amor veio o gosto amargo da repulsa pelo sexual."

"Mesmo naquela época, tinha medo do teatro em que podia me fazer personagem."

Toda escolha é também um teatro. Mas há peças verdadeiras e falsas, fracas e fortes, peças que carregam vida e sangue e peças que apenas repetem.

(Na segunda parte da sua vida, Pagu se apaixonará perdidamente pelo teatro.)

—

Afinal, o que vim descobrir em Paris? Pagu morou aqui entre 1934 e 1935, mas pouco se sabe sobre esse período. Geraldo Galvão, filho de Patrícia, disse que era a cidade que ela mais amava na vida. E muitos anos mais tarde, em 1962, já muito doente, veio para cá procurar a cura. O que quero encontrar? Esse amor, essa cura? Os muitos rostos de Pagu?

Preciso ser mais organizada. Os nomes de Pagu, por exemplo:

1. Zazá
2. Maú
3. Patrícia

4. Pat
5. Mara Lobo
6. Solange Sohl
7. Ariel
8. Patsy
9. Maria Magalhães
10. Léonie Boucher, militante comunista em Paris

Em busca de Patrícia, vou até os arquivos de polícia. Estação Hoche, quase no final da linha 5. Hesito ao me apresentar. *Chercheur* ou *chercheuse*? *Professeur* ou *professeure*? Ainda não me sinto à vontade na língua francesa e me deslumbra que a mulher pequenina, que faz minha carteirinha e explica como encomendar os arquivos, entenda minhas perguntas.

Em breve entrarei num mundo à parte. Enquanto o texto impresso é carregado de intenção e dirigido a um público, o arquivo contém traços brutos de vida, de narrativas que não pediram para ser contadas; pelo menos não daquela forma. O arquivo não escreve páginas de história: indiferente, ele descreve num mesmo tom administrativo o irrisório e o trágico. Vítimas, suspeitos, criminosos, feridos e doentes, personagens ordinários raramente visitados, flutuam em filas infinitas, num oceano de silêncios, sem esperança de que alguém um dia os resgate.

O Pré Saint-Gervais, onde fica o prédio dos arquivos de polícia, é uma *banlieue* (subúrbio) na qual homens barbados jogam futebol nas ruas, apesar do frio. Passo a manhã lá e, no intervalo, almoço num indiano, uma comida barata e deliciosa, no meio de línguas que desconheço. O café da esquina é requentado como o de bares brasileiros de interior. Numa mesa de canto, algumas moscas fazem festa.

Procuro por Patrícia Galvão, Patrícia de Andrade, nome de casada com Oswald de Andrade, depois por Léonie Boucher. Nada. É só no dossiê de Benjamin Péret, escritor em cuja casa ficou hospedada graças à amizade com sua esposa Elsie Houston, que a encontro, nascida no ano errado (1911).

Em breve descobrirei que Patrícia tem várias datas de nascimento. Catorze de junho de 1908, quando embarca para Buenos Aires em um navio inglês, para participar de um recital de poesia como embaixadora da Antropofagia, provavelmente com o objetivo de apresentar idade suficiente para a viagem. Sua certidão de nascimento registra a data de 14 de junho de 1910, mas teria nascido alguns dias antes, no dia 9. No dossiê de Péret, o dia é 9, mas o ano é 1911. Me pergunto por que razão queria parecer mais nova do que era. É a mesma data que encontro no seu dossiê, quando finalmente o encontro. Pagu teria então 23 anos.

Existem poucos dossiês dos anos 30 nos arquivos de polícia, explica o arquivista que substituiu a mulher pequena, na troca de turno depois do almoço. É um homem meio gordo que lembra um delegado. Durante a Ocupação os alemães se apossaram dos arquivos, principalmente dos dossiês de militantes políticos, e assim muitos se perderam. Talvez tenham sido destruídos ou queimados, na França ou na Alemanha. Ao sair do prédio, tenho poucas esperanças de encontrar o dossiê de Pagu. Por isso, quando mais tarde finalmente o encontrei, o acolhi de mãos trêmulas.

—

Em Paris, aprendo a usar e a amar os dossiês. Percorro as páginas com infinito cuidado, admiro as classificações, sua inconstância. Compro pastas, enfileiro papéis com carimbos como uma colegial esforçada. Descobrirei em breve que esta é apenas a pele que recobre os documentos, como o perfume recobre um corpo.

(Existe um verdadeiro livro? Um livro melhor?)

—

Antes de chegar a Paris e se juntar à luta contra o fascismo, Pagu fez um périplo pelo mundo. O Partido lhe havia recomendado a viagem, e lhe daria credenciais para uma visita à Rússia. Deixou com Oswald o filho pequeno. Partiu, entretanto, sem nenhum entusiasmo. No navio, os viajantes eram um bloco maçante. Um mês nos Estados Unidos. O espetáculo do cais, os estivadores barbaramente explorados, o contato com tabernas proibidas, um assalto, as perseguições sexuais. “Como dão importância em toda parte à vida sexual... Parece que no mundo há mais sexo que homens. [...] Eu sempre fui vista como um sexo. Eu me habituei a ser vista assim. Repelindo por absoluta incapacidade, quase justificava as insinuações que me acompanhavam. Por toda parte.

Apenas lastimava a falta de liberdade decorrente disso, o incômodo nas horas em que queria estar só. Houve momentos em que maldisse minha situação de fêmea para os farejadores. Se fosse homem, talvez pudesse andar mais tranquila pelas ruas."

Ela procurava uma humanidade que talvez não existisse. Em Xangai, viu a fome, o combustível para a máquina morta. Na China, as crianças e os ratos, os excrementos e as feridas. O lixo de cadáveres recolhidos já desmanchados pelos carros de limpeza. "Eu tenho pudor da realidade da China", diz.

—

Numa foto, Pagu aparece sentada sobre a lateral de uma sacada de uma casa japonesa, a mão direita erguida agarrando uma coluna, como um cetro. Está com um vestido leve e uma boina e parece uma artista de cinema, a mesma que não pôde se tornar na época do Concurso Fotogênico de Beleza Feminina e Varonil, de que participou com Olympio Guilherme, sua primeira paixão, para quem deu a virgindade aos 12 anos incompletos. Tinha na época 17 anos e perdeu para Lia Torá e Olympio o prêmio de uma viagem a Holywood e participação em filmes da Fox, patrocinadora do concurso. Ou talvez pareça mais uma heroína soviética, a caminho da revolução.

Na Manchúria, assistiu à coroação do imperador Pu-Yi, o último dos imperadores chineses manchu, prisioneiro em seu palácio porque quem realmente governava eram os invasores japoneses. Com o imperador, Pagu anda de bicicleta pelos corredores do palácio. A pedido do amigo, poeta e cônsul Raul Bopp, o mesmo que a batizou como Pagu e que lhe envia dinheiro de tempos em tempos para lhe financiar a viagem, obtém dezenove vasinhos com sementes de soja. Bopp os repassa ao embaixador brasileiro, oficial de gabinete do ministro das Relações Exteriores, que ordena a sua semeadura em campos experimentais. É assim que a soja é introduzida no Brasil, num encadeamento improvável e terrível entre os alegres passeios de bicicleta de Pagu e a atual sanha devastadora do agronegócio.

Antes de ir a Paris, Pagu viaja até a Rússia pelo Transiberiano, trajeto de pelo menos oito dias e oito noites. Numa parada em Omsk, hospeda-se na casa de camponeses. Em Moscou, a horrível decepção: nas festas e hotéis, o luxo para os oficiais do Exército Vermelho; na rua, as crianças mortas de fome. “Isto aqui é jantar frio sem fantasia”, escreve num cartão postal a Oswald. E algo se quebra.

—

Penso num começo:

Estou no metrô e vejo Pagu. Ela se prepara para as manifestações da Frente Popular contra o fascismo, eu quero ver os *gilets jaunes* (coletes amarelos) em ação. Quando chegamos à estação Saint-Marcel, sentimos o cheiro do gás. Ela sai para as ruas e eu volto à estação, para as entranhas de Paris.

—

Metrô etimologicamente significa útero. Aprendi isso na ficha de leitura de *Zazie no metrô*. Zazie, a irresistível pré-adolescente que o escritor Raymond Queneau criou, queria com toda a força do desejo andar de metrô em Paris, mas era dia de greve. O livro mostra uma Zazie tenra e atrevida como as meninas pré-púberes. Para conseguir o que quer, foge do apartamento dos tios, encontra um desconhecido de duvidosas intenções, vai até a Torre Eiffel de táxi, acompanha um grupo de turistas estrangeiros até a catedral da Sainte-Chapelle. Seu tio Gabriel revela ser uma dançarina de cabaré e todos vão assistir ao seu espetáculo, terminando a noite no meio de uma briga de bar. Pelos esgotos, alcançam a estação Gare d’Austerlitz, onde os trens voltaram a funcionar, mas durante a viagem Zazie permanece mergulhada num longo sono. Quando acorda, já é outra. A última frase do romance é implacável: “Envelheci”.

Estou na plataforma da linha 5 da Gare d’Austerlitz esperando o trem para casa e acho engraçado que um dos apelidos de Pagu, talvez o primeiro, tenha sido Zazá.

—

Numa outra vida, casei com um francês. Ele era lindo, os músculos alongados como as palavras que escorriam dos lábios franceses. Fica só de calcinha. Isso. Agora vira. A palavra *culotte* me excitava. Desde os 12 anos sei que não presto. Me esfregava nos braços das poltronas, na sela do cavalo. Galopar pela mata da fazenda deixava minhas bochechas em brasa, os olhos brilhantes que, diante dos meus pais, desviava para os meus pés sujos de barro. Em Paris não tinha barro, e as unhas pintadas disfarçavam meus dedos brutos. Sou sua bonequinha.

(Ou talvez essa história não seja minha, talvez eu a tenha roubado de alguém.)

Pagu era a boneca de Oswald e Tarsila, o casal brilhante do Modernismo. Vestiam-na, calçavam-na, penteavam-na, até que se tornasse uma santa flutuando sobre as nuvens, diz Flávio de Carvalho numa entrevista. Até que se tornou uma destruidora de lares, como se dizia na época.

Recebo no meu celular um quadro de Tarsila, uma mulher com o cabelo imenso, de uma solidão absoluta. Enrolada numa túnica, a mulher caminha em direção a um conjunto de cactos lisos mais ou menos da sua altura, contra um céu de chumbo. Ela o pintou quando se separou de Oswald. "Se o lar de Tarsila vacila, é por causa do angu de Pagu", escreve Oswald de Andrade, que, de diferentes formas e a seu modo, enganou a ambas. Sinto uma tristeza indescritível pelas duas, traída e traidora. Tarsila que Pagu amava tanto.

(Sim, a história é de outra mulher. A minha é diferente: quando eu tinha 14 anos, senti o primeiro repuxo do prazer na minha cama, em uma tarde amena. Eu lia um livro de Henry Miller e me tocava seguindo as instruções de um livro que explicava o sexo com palavras técnicas: pênis, vagina. Muitos anos depois namorei um francês, um tipo baixo que se orgulhava de não usar desodorante. Não, definitivamente aquela história não é minha).

—

A musa da antropofagia abre a carta-confissão que escreveu a Geraldo Ferraz da prisão de São Paulo, onde fora jogada em 1940 pela polícia de Getúlio Vargas, assim: "Seria melhor que tudo fosse deglutido e jogado fora." É uma recusa do projeto oswaldiano, de incorporação do passado como forma de superar a opressão. Recusa também de todo um vocabulário político: "Sou contra a autocrítica. O aproveitamento da experiência se realiza espontaneamente, sem necessidade de dogmatização."

Na carta que dirige ao homem que seria seu companheiro de toda a vida, Patrícia fala a linguagem do corpo: "É que hoje tudo está brilhante"; "o meu corpo quer extensão, quer movimento, quer ziguezagues. Sinto os ossos furarem a palpitação da carne. As folhas estão verdes. As azaleias morrendo. Esse ventinho doloroso."

A carta-confissão de Patrícia não fala de Paris. Desde a primeira vez que a li, seu final me surpreende. A carta termina sem uma despedida, uma fórmula qualquer de encerramento, nada, apenas uma referência que, depois do relato da decepção de Pagu com o regime comunista, soa irônica: "O céu era um céu de aviões e lá adiante na tribuna, no seio da juventude em desfile, o líder supremo da Revolução. Stálin, nosso guia. Nosso chefe." É nesse momento que ela deixa Moscou e alcança Paris.

Não consigo atinar por que a carta se interrompe neste ponto. Chego a imaginar que Geraldo Ferraz, por alguma razão obscura, tenha decidido queimar sua continuação, e, com ela, a temporada de Patrícia em Paris.

—

Já tenho o título: *Pagu no metrô*.

2

A estação Saint-Lazare me deixa perdida. Para chegar à Biblioteca Nacional da França, a famosa BnF, tenho que atravessar seus enormes corredores, grandes círculos em que transitam profissionais apressados, escoando por escadas rolantes como de altas cachoeiras. São as linhas 14, 8, 3 e 9, uma barafunda de placas apontando a cada passo para diferentes direções. Pego a 14, sentido Olympiades, a última linha construída, com a via férrea protegida por tubos de vidro. São barreiras que previnem suicídios, de que suspeitamos toda vez que a voz dos alto-falantes anuncia um imprevisto que atrasou a partida dos trens. Ou impedem assassinatos e acidentes, um assediador que empurra uma mulher que o repele, um bêbado que tropeça e cai nos trilhos.

Na BnF, me sinto em um cofre. As portas pesadas se abrem para longos túneis de metal escovado, e os pesquisadores, com suas maletas de plástico transparente, parecem boiar no silêncio, como peixes em um aquário. Os corredores formam um quadrado no centro do qual se vê um jardim com plantas exuberantes, através de vidros mal-lavados. Uma vez, olhando distraidamente para o lado enquanto voltava do bloco K, vi um grupo de cabras mastigando o capim. Eu tinha acabado de consultar um livro sobre os surrealistas franceses, e por uma fração de segundo achei que fosse uma alucinação. Fiz algumas fotos, tentando capturar o momento em que uma delas olhou para mim, mas não consegui.

É na BnF que ganho minha primeira carteirinha. Em Paris, em toda parte sou Madame Armony. No início não me reconheço: sou jovem demais e me sinto uma farsante. Depois me acostumo e até tomo gosto. *Madame* pra lá, *bonne journée* pra cá. O que antes me soava irônico me parece sinal de reconhecimento e respeito.

Meu cabeleireiro, que trata todas as clientes por "*vous*", me disse que Madame Armony lhe evoca uma vidente de bola de cristal, o que se harmoniza com a ruiva de origem romena que sou.

—

A primeira pista que sigo, antes mesmo dos arquivos de polícia, é a do jornal mensal *L'Avant-Garde*, ligado à Juventude Comunista, onde Pagu foi redatora. É uma das poucas informações que se tem sobre as atividades de Pagu em Paris, ao lado de:

> foi tradutora para os estúdios de cinema de Boulogne--Billancourt;
> filiou-se ao Partido Comunista, onde adotou o nome de Léonie Boucher;
> participou de manifestações políticas, nas quais foi ferida e acabou presa;
> frequentou círculos de escritores surrealistas e a Universidade Popular, onde ensinavam professores da Sorbonne;
> morou no apartamento de Elsie Houston, esposa do escritor surrealista Benjamin Péret.

Os números do jornal estão disponíveis para consulta em microfilme. Uma mulher muito gentil tenta me explicar como inserir e prender os rolos nas bobinas, mas ri ao perceber que não consegue e chama um rapaz para auxiliá-la. Em bibliotecas e arquivos todos querem ajudar. Sou pesquisadora ligada a uma universidade, sigo as pegadas de uma escritora, estão contentes em fazer o seu trabalho.

Gosto de pensar que um outro título para este livro poderia ser "Uma mulher com profissão", em contraste com o livro autobiográfico de Oswald de Andrade. O título, *Um homem sem profissão: sob as ordens de mamãe*, é uma alusão irônica à sua condição de filho pródigo da aristocracia do café. Também ironicamente, foi em Paris, onde morou em 1923 com a esposa Tarsila, que Oswald descobriu o Brasil. Frequentador, graças à amizade com Blaise Cendrars, das vanguardas artísticas e literárias francesas, nunca tinha se sentido tão bem quanto nesse ambiente, onde podia sentir finalmente "o tambor negro e o canto do índio". Enquanto a arte da Europa era renovada por influências da cultura africana ou polinésia, Oswald descobria o primitivismo e propunha a arte Pau-Brasil: a poesia brasileira deveria se tornar um produto de exportação, como a árvore cor de brasa que desde o início imprimiu no próprio nome do país a marca da exploração.

O Manifesto da Poesia Pau-Brasil é de 1924, mesmo ano do Manifesto surrealista de Breton. Em 1925, seria lançado em Paris o livro *Bois Brésil*, ilustrado por Tarsila do Amaral e prefaciado por Paulo Prado.

Imagino a cena: o casal elegante Oswald e Tarsila, num café em Paris após o lançamento de *Bois Brésil*, habitantes de um país em formato de harpa que prometia a descoberta de coisas nunca vistas. Numa mesa barulhenta na qual a voz tonitruante de Oswald sobressai, comem e bebem Cendrars, o mítico Breton, o jovem Crevel de rosto melancólico, talvez Benjamin Péret, que ainda não tinha conhecido sua futura exposa, a cantora Elsie Houston, cunhada do amigo Mário Pedrosa e grande amiga de Pagu.

Na época, Pagu tinha 15 anos e começava a publicar seus primeiros textos num jornal escolar. Também desenhava, mas seus traços não tinham ainda os contornos dos de Tarsila.

—

Páginas e páginas do jornal *L'Avant-Garde* rolam na máquina de microfilme à minha frente. Muitas são as palavras de ordem: "a juventude a ponto de combate"; "Frente Popular pela liberdade, pela paz, pelo pão"; "a juventude gritou sua vontade de viver pelo trabalho, na paz e na liberdade"; "Viva a liberdade! Avante juventude, contra o fascismo!", "O que é o fascismo? Como evitá-lo?", "A Frente Popular marcha, invencível". O desemprego está por toda parte. Na página 4, uma seção fixa se dedica a um paradisíaco "País dos sovietes", onde há pleno emprego e não existe exploração. Nas ilustrações, os homens têm os músculos do realismo socialista. Encontro um artigo sobre mulheres, "No país dos sovietes, mulher e mãe". O texto conta que na Rússia de antigamente, família significava tão-somente a exploração da mulher pelo marido, o qual detinha todo o poder econômico e legal. Já na nova União Soviética, a velha escravidão da mulher não existe mais. O mal da prostituição desapareceu. A fonte de onde as escravas brancas afluíam à burguesia era a miséria e a escravidão da mulher trabalhadora. As jovens que ainda se vendem por um par de meias de seda são apenas as últimas sombras de um triste passado. A velha união conjugal desapareceu e aos poucos novas relações terão que ser construídas, sobre novas bases, não capitalistas, num trabalho criador ininterrupto por parte da juventude.

Procuro o nome de Patrícia Galvão nas páginas do jornal, mas não o encontro em lugar nenhum. Nem na lista dos colaboradores, que não existe, nem nos poucos artigos assinados, por expoentes do movimento comunista, todos homens.

—

Uma mulher escreve furiosamente deitada em um catre. É Patrícia, que ri e chora enquanto escreve. Nas páginas do livro que se chamará *Parque industrial*, convoca como personagens os homens e mulheres com quem conviveu quando se instalou numa vila operária, em 1932. Outros perfis se insinuam, vindos da vizinhança da sua infância no Brás, onde morou numa casa modesta nos fundos da Tecelagem Ítalo-Brasileira.

(Não sei de onde tirei esse "ri e chora". Talvez imagine que Patrícia escreveu o livro no mesmo estado de exaltação de quando se converteu ao comunismo. E o que dizer da palavra "catre"? A verdade é que sempre quis usá-la, como num romance russo.)

—

A descrição que Pagu faz da sua conversão ao comunismo é a de uma iluminação divina. "A alegria da vida nova circulava no meu corpo. Eu era imensa. A pulsação me percorria. Verificava todos os estremecimentos da exaltação anormal que só a religiosidade confere." Finalmente, ela encontra a entrega total que sempre almejara: "Entrei na casa pequenina para o dom absoluto da minha pessoa. [...] Só ficou o êxtase da doação feita à causa proletária." A doação que não tinha vivido com Oswald, aquela que não tinha com nenhum homem, nem com o filho, embora reconheça que quando Rudá está doentinho, se entrega totalmente a ele. "Por que não sempre?", ela se pergunta. Apesar das longas ausências, ele a buscava, a preferia a todo mundo. Como explicar essa distância, que sua ternura não consegue transpor?

Eu queria poder conversar com a Pagu da carta, a que escreve à luz de um toco de vela, mais para si mesma do que para o homem que a receberá na saída da prisão. Seria possível se entregar totalmente a alguém que pode morrer? A filhos que morrem dentro dos nossos ventres, ou, se saudáveis, voam e nos deixam?

—

"Eu vi em sua mão uma longa lança de ouro e, na ponta, o que parecia ser uma pequena chama. Ele parecia para mim estar lançando-a por vezes no meu coração e perfurando minhas entranhas; quando ele a puxava de volta, parecia levá-las junto também, deixando-me em chamas com o grande amor de Deus. A dor era tão grande que me fazia gemer; e, apesar de ser tão avassaladora a doçura desta dor excessiva, não conseguia desejar que ela acabasse. A alma está satisfeita agora, com nada menos que Deus." (Santa Teresa de Ávila, descrevendo sua conversão.)

—

Herculano, estivador analfabeto, é o homem que provoca a iluminação. O elemento vital que faltava. Numa tarde magnífica, misturada às mulheres do cais de Santos, nas ruas iluminadas que recebiam o bafo do mar, Patrícia se sente enérgica e viva. Nunca se esquecerá do cheiro de maresia, peixes fritos, azeite, café. "Depois tudo focalizado num só quadro, que foi o altar da minha conversão, de meu batismo. A silhueta negra, a camisa vermelha. O céu de fogo, o mar de fogo. O preto Herculano encostado na amurada do cais. Quando me estendeu a mão, foi para me entregar a fé." Poucos dias depois, ele morrerá em seus braços.

(De braços abertos, o ideal brilha, promessa de verdade e justiça.)

—

Quando adolescentes, eu e meus amigos tínhamos inveja da geração que tinha vivido a Ditadura Militar dos anos 60. Como eram heroicos, como eram capazes de sacrifício! Usávamos bolsas peruanas, sonhávamos com revolução e, bem alimentados, dançávamos em festas regadas a sangria e rock. Meninas zanzavam desafiadoras como se não fossem virgens. Eu era uma delas.

—

Parque industrial foi o primeiro romance proletário do Brasil. João Ribeiro, o grande crítico da época, escreveu sobre ele no *Jornal do Brasil*: "uma série de quadros pitorescos e maravilhosos, desenhados com grande realismo"; "coruscante beleza de seus quadros vivos de dissolução e morte"; "qualquer que seja o exagero literário desse romance antiburguês, a verdade ressalta involuntariamente dessas páginas veementes e tristes". Patrícia o publica, numa edição bancada por Oswald, com o pseudônimo de Mara Lobo, segundo as exigências do Partido Comunista, implacável na punição de seu "individualismo burguês".

Para o Partido Comunista, Pagu era uma representante da pequena burguesia sentimentalista digna de desprezo. Um dia, em Santos, um dos militantes lhe perguntou, quando soube de sua preocupação com a pneumonia de Rudá, que deixara em São Paulo com o pai: "E se seu filho morresse hoje?". Patrícia, escaldada pelo hábito da atitude comunista, respondeu que os filhos dos trabalhadores morriam todos os dias, que nossa tarefa é agora. E no mesmo instante se odiou por sua cretinice e desonestidade.

Mas sua vontade de agradar era mais forte. A entrada no partido – um ambiente de "fortes e bons", de honestos, puros, valorosamente revoltados – era um privilégio, um dom que faria por merecer. Foi presa, depois enviada pelo partido para morar num quartinho do bairro de Ponta da Praia, onde trabalhava como catadeira e brincava com as crianças de trabalhadores e marinheiros como se fossem suas. Aspirava o cheiro do mar e se sentia grandiosa e feliz.

Um dia um dos fortes e bons entrou no quartinho da Ponta da Praia à procura de sexo. "Como era revoltante e ridículo ao despir a capa comunista", diz Pagu com nojo, ao constatar que ele tinha a mesma vulgaridade brutal das outras classes sociais.

—

A praça estava cheia para o comício. Herculano, enfrentando a polícia, fez Pagu subir o estrado. Quando vieram os tiros, dirigidos à multidão, não se entendia mais nada: policiais estavam misturados aos operários, vestidos como eles. Enfim o "colosso negro" tombando, com um tiro nas costas. Deitado com a cabeça entre os joelhos de Patrícia, sentou-se e disse, antes de morrer: "agora está começando a doer um pouquinho" e "continue o comício, continue o comício!".

E o comício continuou, sob o choro dos filhos de Herculano. Pagu falou por último e saiu dali para a prisão. A segunda das 23 vezes em que foi presa, a primeira em que foi torturada.

—

(Numa outra versão, publicada em jornal, inspetores de segurança, quando "a agitadora" começou a falar, pediram-lhe que se retirasse, e como ela teimasse em ficar e eles tentassem obrigá-la a retirar-se, Patrícia, irritadíssima, atirou-se contra eles, agredindo-os e mordendo-os. Herculano, munido de um cano de ferro, teria quebrado o braço e algumas costelas do inspetor Anastacio, enquanto uma das balas disparadas por manifestantes atingia o inspetor Sebastião na mão esquerda. Mas quem morreu não foi ele: "Esse inspetor fez uso de seu revólver, alvejando Herculano que tombou ferido de morte". Já Pagu "a muito custo foi presa". Imagino se teria mordido mais alguém.)

—

"Resolvi escravizar-me espontaneamente, violentamente." Na sua carta-confissão, Patrícia declara que começou a escrever *Parque industrial* por ocasião da campanha de depuração encabeçada por intelectuais da direção do Partido. Procurando expulsar ou afastar da organização todos aqueles que não tinham origem proletária, prescreveram a Pagu um afastamento indeterminado. O companheiro que entregou o bilhete de afastamento a aconselhou a trabalhar à margem, intelectualmente, para provar a sua sinceridade ao Partido. Como a filósofa Simone Weil fará mais tarde, em *A condição operária*, de 1934, Pagu escreve sobre a realidade da classe trabalhadora a partir da sua experiência como operária. Faria um livro revolucionário, uma novela de propaganda. Patrícia não confiava em seus dotes literários e não esperava nenhuma glória. O livro, suas belas e fortes páginas, aconteceu apesar dela. *Parque industrial* é uma oferenda ao Partido Comunista, mas nada era suficiente para aplacar sua fama de burguesa fútil e doidivanas. Um livro de memórias de Leôncio Basbaum afirma que ela e Oswald tinham ingressado no partido porque era sumamente divertido e emocionante. Mas como essa ideia pode se manter quando sabemos que Pagu, por dedicação a esse ideal, foi presa 23 vezes, torturada e humilhada, num sofrimento que quase a levou ao suicídio? Não paro de me espantar.

Os primeiros personagens que aparecem em *Parque industrial* são a italianinha matinal que dá banana para o bonde, as meninas que contam os romances da véspera. São costureiras, operárias com seus desejos, seu sofrimento. Não me lembro de um romance da época povoado de tantas mulheres.

(Adoro algumas frases do livro: "O vento faz voar todos os cabelos do bonde"; "Línguas maliciosas escorregam nos sorvetes compridos. Peitos propositais acendem os bicos sexualizados no sweter de listras, roçando"; "Traz um braseiro nas faces e um lenço novo, futurista, no pescoço". Essa última frase me remete à "cravate" que, segundo descobrirei mais tarde, Pagu usava alguns anos depois, quando distribuía panfletos nas Batignoles.)

—

Quando eu era criança, assistia a uma série de televisão que se passava no Velho Oeste americano. Não me lembro do nome. Eu ficava impaciente, esperando que aparecesse uma mulher. Que interesse podia ter um monte de cowboys fumando e trocando tiros? Quando apareceria uma mulher de vestido e rosto lindo? Achava sem graça uma história que não tivesse uma peripécia amorosa. Quando finalmente aparecia uma mulher, quase sempre um cowboy tentava agarrá-la enquanto ela falava não, não.

—

Entre as notícias e palavras de ordem das páginas do jornal *L'Avant-Garde*, encontro uma matéria que me chama a atenção. Sob o título "Com as empregadas domésticas faz-tudo de

Passy" (*Avec les Bonnes à tout faire de Passy*), é descrita a situação de exploração a que eram submetidas as domésticas no 16ème arrondissement, que "trabalham como cavalos" e recebem uma miséria. A matéria, quase ilegível pelo desgaste dos anos, reproduz uma conversa entre as mulheres e o repórter (a repórter), que lhes pergunta se leram a notícia sobre a doméstica que foi violada pelo patrão em Lyon. E comenta: realmente, eles as tratam como empregadas "à tout faire"... Uma das moças lhe responde que teve que lutar contra o assédio do garoto de 17 anos da casa onde trabalhava ("un vrai petit cochon", um verdadeiro filhote de porco), e Madame os surpreendeu naquele momento. Agora conseguiu um bom emprego, mas sua irmã (a jovem que a acompanha) está desempregada e dorme com ela há três meses. O relato termina com a repórter convidando-as para um comitê contra o desemprego e em seguida para um baile que acontecerá em outubro.

Por que tenho a impressão de que essa conversa aconteceu entre mulheres? Provavelmente porque uma mulher não seria tão direta com um homem, não chamaria com tanta facilidade seu patrãozinho de "petit cochon". Além disso, a matéria começa pelo relato de uma conversa casual: "Domingo à noite, saindo do metrô, encontrei duas jovens a quem eu tinha vendido *L'Avant-Garde* no sábado de manhã, no mercado de Auteuil".

Gosto de imaginar que Pagu a escreveu. Diferente da seção intitulada "Irmãs da miséria" (*Sœurs de la Misère*), que aparece nos números seguintes, esta pequena notícia narra uma conversa de forma direta e despretensiosa, bem ao estilo de Pagu. Mais tarde, ao escrever com o marido Geraldo Ferraz o romance *A famosa revista*, este mesmo estilo será a pista, o índice que destacará a mão de Pagu dos floreios de Geraldo. Pelo menos para mim.

—

Uma das páginas mais doídas da carta que Patrícia escreve a Geraldo na prisão é a que fala do período em que finalmente sente o amadurecimento sexual, logo após o nascimento de Rudá. Foi quando começou a compreender que o ato sexual poderia ser mais do que "uma dádiva carinhosa do meu corpo ausente". Nesse momento, sofre uma enorme decepção. Na sala de um hotelzinho de Campinas, Pagu tinha sonhado refazer as relações com Oswald ("se ele fosse um pouco mais ternura e um pouco mais meu"), e encostou a cabeça no seu ombro, gesto que ele uma vez repelira como sinal de exibicionismo íntimo, mas que agora acolhia carinhosamente. Abraçados, subiram ao quarto. Na cama, Patrícia pela primeira vez procurava e sentia o prazer. A resposta de Oswald veio como uma chicotada brutal, a de uma "oferta de machos": "Você quer gozar com o empregadinho que traz o café? Não é verdade que o deseja?".

(O empregadinho tinha "uma cara redonda de bobo, cheia de saliências de pus".)

—

Há alguns anos e por algumas semanas, tive um namorado muito alto e magnético que costumava me cobrir de elogios: eu era uma mulher independente, bonita, inteligente. Era bem mais velho e experiente do que eu, com duas filhas já adultas e três ex-mulheres. No apartamento de solteiro recente onde morava, calças se embolavam com camisas sobre as cadeiras, enquanto cabides com camisas bem-passadas esperavam por mais um dia de trabalho. Das conversas que tínhamos na sala à caminhada lenta para o quarto, nossas roupas se espalhavam pelo chão. Ele sussurrava no meu ouvido que eu tinha um corpo maravilhoso, e pedia para que eu imaginasse que um homem estava nos olhando. Na semana seguinte, especificou que esse homem era negro, forte, e que agora era ele mesmo, meu namorado, que estava olhando. Eu tinha adquirido o hábito e a vaidade de não me chocar com nada, mas meu corpo não. Ele propôs que fôssemos para um clube de swing e eu fingi que sabia do que se tratava, antes de procurar na internet e descobrir que era impossível continuar.

—

O que procuro em Paris, em Pagu? O amor, o ideal? Os meus muitos nomes?

Num outro momento da minha história, tive esta mesma sensação de vida em suspenso. Tinha acabado de sair da adolescência e esperava alguma coisa que não sabia o que era. Depois, concentrada na carreira acadêmica, meus objetivos me dirigiam. A relativa estabilidade alcançada e o fim de um relacionamento mais longo me trouxeram de volta a ideia de suspensão. Neste ano difícil, consegui uma licença da universidade onde trabalho no Brasil para fazer minha pesquisa em Paris. Talvez seja a última vez que isso tenha sido possível, considerando o projeto de destruição da universidade pública em curso.

Aproveito esta sensação para observar. No metrô, andando pelos corredores ou esperando o trem, planejo fazer um inventário de tipos. Os primeiros da lista serão os pedintes: mulheres do Leste Europeu segurando folhas de papel onde se leem, rabiscadas, as palavras *J'ai faim* (tenho fome); homens magérrimos e bem-educados solicitando aos *messieurs-dames* alguns trocados; bêbados grunhindo e arrastando seu fedor pelos corredores e vagões; mulheres de cabeça coberta recitando um *s'il vous plaît* com sotaque, às vezes seguidas por filhos de rosto redondo e mãozinha estendida. Ao vir desta vez para a BnF, esperando na plataforma da République, um bêbado gritava de tempos em tempos, sob o peso indiferente da multidão que ia para o trabalho.

Em breve aparecerá Pierre nesta minha narrativa.

—

Saio da sala das máquinas de microfilme meio ofuscada: foram quase duas horas de páginas semiapagadas, numa câmara escura. Devolvo os rolos, informo que terminarei a pesquisa em outro dia. Antes de ir embora, porém, me lembro de fazer a procura mais óbvia, que só não fiz antes porque sabia que as edições de *L'Avant-Garde*, onde Pagu tinha trabalhado, não estavam disponíveis online. No site da Biblioteca Nacional da França, digito o nome Patrícia Galvão e encontro uma notícia publicada no jornal La Défense de 7 de setembro de 1934 (ironicamente, mesmo dia da independência do Brasil).

O texto conta que Patrícia Galvão ("nossa camarada") foi detida no dia 26 de agosto de 1934, um sábado, no Square des Batignolles, por supostamente distribuir folhetos contra as manobras aéreas, realizadas para avaliar se a França estaria preparada para ataques da Alemanha nazista. Pagu ficou presa por

24 horas sem comer, após ter sido insultada de forma grosseira. A notícia garante que ela não participava do ato de distribuição de folhetos, estando apenas de braço dado ao seu companheiro, mas foi apontada aos policiais por usar uma gravata vermelha. Liberada na segunda-feira à noite, informaram-na de que seria expulsa do território francês. A notícia termina convocando os trabalhadores do bairro a fazerem um abaixo-assinado contra a injusta expulsão.

No final das contas, as simulações, fracassadas, demonstraram que a França estava despreparada para se defender. Segundo o comentário de um artigo que leio, a atuação das esquerdas, com sua mensagem pacifista, teria beneficiado os alemães, numa triste e involuntária ironia.

É a primeira vez que encontro em Paris o nome Patricia Galvao (assim mesmo, sem til, que a língua francesa não tem o nosso poderoso fonema anasalado), e fico eufórica. É como se finalmente tivesse a evidência de que Pagu esteve aqui, onde estou agora. É também minha primeira descoberta: Pagu teria sido expulsa bem antes da data conhecida, aquela que aparece no seu passaporte, de setembro de 1935.

O que teria acontecido nesse período? E quanto ao tal companheiro? Poderia ser um namorado, mas também poderia ser um álibi criado pelo redator do jornal. É evidente que Patrícia distribuía os folhetos, e a tal gravata vermelha era um indício claro da sua filiação ao Partido Comunista Francês.

Voltando para casa, no metrô ainda vazio, repasso a descoberta do dia. Me deleitam os detalhes, que reforçam a sensação de realidade: folhetos sobre as manobras aéreas, Batignoles, gravata vermelha. Tenho que ir a Batignoles, me digo. Penso também em como é impressionante que, mais de 80 anos depois dessa notícia, e mais de 40 após o fim do comunismo, no Brasil pessoas seriam ameaçadas nas ruas por vestirem roupas vermelhas, e não apenas por policiais.

A partir dessa primeira pista, seguirei o encalço de Patrícia em Paris: primeiro, nos arquivos de polícia, onde não encontro o seu dossiê. Depois, nos arquivos nacionais, onde Bóris, um francês calvo, de origem russa, me mostrará o caminho das pedras.

—

Foi mais ou menos nessa época, no início da primavera, que conheci Pierre, fotógrafo da natureza e dono de um chalé nos Alpes. Muito magro e alto, só se locomove por bicicleta, seja por economia ou convicção; acha a cidade insuportável, poluída e cheia de turistas. Nas fotos do Tinder, aparecia sempre com os Alpes ao fundo, bem agasalhado com roupas esportivas de qualidade, os olhos muito azuis sob a franja grisalha. Morou e trabalhou em diversos *arrondissements*: foi repórter fotográfico, publicou livros de fotografia em papel couché e hoje vive entre Paris e a pequena cidade onde uma estação de ski e o Tour de France garantem hóspedes de passagem.

Pierre chega ao meu estúdio suado do percurso de bicicleta e dos muitos degraus, porque além dos quatro lances que levam ao meu apartamento, tinha subido outros, de uma escada errada. No meu prédio, como muitos em Paris, um pátio interno dá acesso aos apartamentos por diferentes escadas. Depois de alguns encontros onde, diante de um café ou de uma taça de vinho, Pierre elogiou a minha cultura e o meu francês, o qual metralhava impiedosamente com o dele, sempre rápido e cheio de exclamações como *la vache*, tinha se aventurado a me beijar, inclinando o rosto barbado para me alcançar com a boca fina e áspera.

Nesse mesmo dia, me levara para almoçar num restaurante indiano, ignorando meu pedido de comida francesa, que ele não aguenta mais comer. Adoro flanar pelas ruas com você, ele dissera, rindo, quando me queixei um pouquinho. Tinha perdido minha adorada echarpe laranja enquanto andávamos para lá e para cá por ruas cheias e barulhentas, e imaginei com horror o tecido fino e dourado pisoteado junto com restos de *haricots verts*.

Demoro a entender que, além de fotógrafo (ou ex-fotógrafo) e guia de turistas franceses em cruzeiros amazônicos, Pierre ganha a vida com o chalé. Nas férias dos filhos, sempre os leva para esquiar enquanto trabalha sem trégua. Parece ser, ou querer mostrar ser, o que se costuma chamar de "um bom partido".

Entra no estúdio e, sentado comportadamente no sofá, tenta me convencer mais uma vez de que é fácil encontrar um apartamento mais barato, basta que o alugue vazio e compre tudo de segunda mão. Explico a ele que as opções que me mostra na internet omitem as mil taxas que terei de pagar, e que para mim seria inviável gastar tempo e dinheiro mobiliando um lugar onde ficarei por apenas um ano. Depois de um tempo, como ele sabe tudo, apenas aceno com a cabeça e sorrio, pensando em outra coisa. Ele me diz, com o sotaque carregado do anglicismo, que sou muito *cool*. Bem diferente da mãe dele, que encrenca com tudo, que quer tudo do jeito dela, da posição dos pratos na cozinha à organização das roupas do filho de mais de 50 anos, nas temporadas em que ele ocupa sua casa em Paris.

É a primeira vez que estamos juntos a sós. Depois iremos a um espetáculo de dança perto de casa, o primeiro a que assistirei em Paris. Amo dançar e não abandonei o meu balé: três vezes por semana faço aulas numa sala linda, de pé-direito altíssimo, sob o som de um piano ao vivo, com gente de todas as nacionalidades e um professor adorável que, sacudindo os ombros com um gingado, me chama de *la brésilienne*. A conversa morre e começamos a nos tocar. A primeira vez de um casal pode ser uma negociação complicada: não se sabe onde colocar os braços, as pernas, a boca; por trás dos gestos, vultos do passado espreitam. Quando os dois vêm de culturas muito diferentes, os problemas de interpretação são ainda maiores: uma passividade hesitante é sinal de respeito ou de falta de desejo? O mutismo é natural ou timidez? Até que subitamente deixamos de pensar.

Depois de um início custoso, a tarefa cumprida, ele me chama para uma chuveirada. O chuveiro é bom, mas o box é mínimo, e, enquanto nos abraçamos, com o rabo do olho vejo o banheiro ficando alagado. A água avança na direção da sala e eu me apresso, empunhando esponja e xampu. A água agora invadiu a sala e calculo mentalmente se terei tempo de enxugar tudo antes de sairmos para o espetáculo. Balbucio umas palavras sobre o alagamento e Pierre, de olhos semicerrados, diz para eu não me preocupar. Quando enfim fecho a torneira, mal conseguimos caminhar em meio à enorme poça. Corro para pegar um punhado de panos e, ainda pelada, lanço-os ao chão como mata-borrões. Pierre parece feliz e relaxado. *Cool*.

Na rua, temos de correr. Está quase na hora do espetáculo; felizmente o percurso não é muito longo. Quando viramos uma esquina, avistamos ao longe uma fumaça por trás dos prédios. Sobre os lendários telhados de Paris, algumas pessoas assistem ao que imaginamos ser um incêndio, mas não temos tempo para averiguar e seguimos diretamente para o teatro, aproximadamente a cem metros dali.

Ainda antes do espetáculo (que logo descobrirei ser uma espécie de apresentação de final de ano reunindo vários tipos de danças e turmas, como aquelas de que eu mesma costumava participar no Brasil), ao pegar meu celular para desligá-lo, vejo com surpresa uma avalanche de notificações. São amigos do Brasil perguntando se estou bem, e só então fico sabendo que a fumaça que havíamos visto há pouco provinha da Catedral da Notre-Dame de Paris, consumida em chamas enquanto o meu banheiro alagava.

3

Na estação Jacques Bonsergent, uma gravação anuncia que mais uma saída do metrô foi fechada. O percurso da grande marcha de 1º de maio terminará na Place d'Italie, estação terminal da linha 5, uma onda que subirá pelo boulevard Montparnasse até coagular-se naquela praça do 13ème arrondissement. As convocações antecipam cenários perigosos: serão milhares de manifestantes, entre os quais os famosos *gilets jaunes*, portadores dos coletes amarelo-fosforescentes utilizados por todo motorista na França para tornar mais visíveis os ocupantes de um carro parado em caso de incidente na estrada, e agora vestidos como um sinal de protesto. Sábado após sábado, eles têm interditado os lugares mais ricos e turísticos de Paris, em manifestações que culminam frequentemente em vidraças quebradas, carros incendiados e truculência policial.

É nesse dia que verei Pagu pela primeira vez.

—

Meu primeiro contato com os *gilets jaunes*, dos quais tinha apenas um vago conhecimento pela imprensa brasileira, se deu no trânsito: uma frota escandalosa de motocicletas seguidas de carros de polícia se lançava em direção à Champs-Élysées, enquanto eu fazia mais uma vez meu deslumbrado passeio pelo Sena. O ar frio e brilhante do cenário monumental, o mesmo que tantos artistas e escritores tinham respirado, dilatava meus pulmões e me enchia de passado e de futuro. Arrancada subitamente do devaneio, não consegui alcançar o centro do furacão e voltei para casa.

O tempo mais quente da primavera trouxe outros ares. Na République, uma multidão pontilhada de amarelo se reunia em torno de Marianne, a grande mulher de bronze símbolo da república francesa. Um dia, saio da estação de metrô no coração da massa: a música que brota de um grupo de violinos e sopros se mistura a gritos de revolta. São famílias, jovens, crianças e velhos, homens e mulheres, com cartazes que denunciam a exclusão ou lembram que o planeta está morrendo. Os manifestantes do clima se juntaram aos protestos sociais. Palavras de ordem são entoadas, como ondas que se levantam: algumas recuam e se desfazem, outras estouram em cânticos de guerra. É também uma multidão alegre, e no meio das pessoas que se dispersam há quem dance e cante. Este foi o primeiro de muitos sábados que testemunho na praça. No final do dia, o lixo se acumula, junto a rastros de destruição cada vez maiores.

Leio que a praça ocupa hoje o espaço onde, até o final do século XVIII, havia a Porta do Templo, situada em frente à sede da Ordem dos Templários, onde hoje fica a Praça du Temple. Ao redor da enorme fortaleza, um verdadeiro Estado dentro do Estado, havia quilômetros de pântano (daí o nome do bairro, Marais), que os cavaleiros templários conseguiram secar totalmente em 1240. Em 1307, Filipe, o Belo, que se ressentia do seu poder, destruiu a Ordem queimando vivos seus principais membros, sob a acusação de que praticavam adoração ao demônio, blasfêmia, idolatria e homossexualidade (ironicamente, hoje o Marais é um reduto LGBT).

Depois da Revolução Francesa, Napoleão ordenou a demolição da Porta do Templo, para evitar que o local se tornasse lugar de peregrinação de monarquistas. Até hoje muitas ruas do Marais trazem o nome Temple. É em 1870, com a Terceira República, período marcado por uma série de reformas sociais, de forte identidade progressista e laica, que a praça assume sua fisionomia atual. Instaura-se o Monumento à República, uma grande fonte no centro da qual se ergue a enorme estátua de bronze, escolhida por concurso público. Em torno da coluna na qual reina Marianne, mulher símbolo da República Francesa, três estátuas representam a Liberdade, a Igualdade e a Fraternidade. No pedestal, um leão e uma urna eleitoral. A ideia era fazer da praça um local alternativo à Place de la Concorde e ao "oeste burguês", e de fato a praça se torna desde então um grande palco de manifestações populares.

Minha ideia dos *gilets jaunes* se esgarça progressivamente. Numa conversa com um jovem colega, descubro que ele mesmo é um dos mascarados que costumam invadir a Champs-Élysées. Meu colega, um doce de pessoa, ri enquanto abocanha o sanduíche regado a vinho e bossa nova, no pequeno bar apinhado de portugueses e amantes do Brasil. Um francês do tipo atarracado sobe no balcão e recita uma tradução de Fernando Pessoa. Uma chuva de aplausos vem das mesas compridas, dispostas como numa taberna de Asterix.

A maioria dos franceses com quem converso, entretanto, balança a cabeça desolada diante das manifestações intermináveis. Os primeiros atos tiveram seu apoio, mas agora o movimento perdeu o sentido, dizem. Não apenas não recuaram nada diante das concessões de Macron, mas também continuaram quebrando vidraças de bancos e lojas, o que atrapalha os deslocamentos – e também os negócios.

Estou ansiosa para chegar à manifestação, a primeira de grandes proporções a que irei. As pessoas me dizem para tomar cuidado: certamente haverá violência policial, homens mascarados atirando pedras e coquetéis molotov, policiais lançando bombas de gás lacrimogêneo e *flashball*. Nas manifestações de 2013, no Rio de Janeiro, eu sempre ia embora antes do final, quando entravam em cena *black blocs* e polícia, muitas vezes com provocadores infiltrados. Imagino se sentirei um pouco do que sentiu Pagu, quando participava das manifestações da Frente Popular, em 1934 e 1935, em plena ascensão do fascismo. Desses atos, segundo todas as fontes que encontro, Pagu teria saído seriamente ferida.

Nos arquivos da polícia, procurando por Pagu, encontrei vários registros dessas manifestações. Há listas com pedido de indenização por carros incendiados, vidraças quebradas. São restaurantes, lojas de automóveis, cabeleireiros. A iluminação de monumentos da Place de la Concorde foi danificada. O Café de la Paix apresenta uma lista extensa de danos. Há também listas de manifestantes presos, em geral em manifestações contra o desemprego. São trabalhadores como eletricistas, bombeiros, bancários.. Poucas, pouquíssimas são mulheres, cujos nomes são precedidos de *Mlle* ou *Mme*. Nas listas de detidos nas manifestações de julho de 1935, não encontro nenhuma referência a Patrícia Galvão ou Léonie Boucher.

—

Por incrível que pareça, combino de ir à manifestação com uma mulher chamada Patrícia, professora universitária, médica dermatologista, que faz uma pesquisa sobre lepra recolhendo DNA nas catacumbas situadas no 14ème arrondissement. Conheci-a através de amigos comuns, em um desses encontros esporádicos em que, fantasiados de inverno, brasileiros se reinstalam confortavelmente na própria língua e no próprio corpo. É difícil imaginar sua figura sorridente e bem-penteada remexendo caveiras em cavernas sombrias.

Patrícia me conta que as catacumbas se instalaram nos túneis e cavernas abandonados formados em séculos de exploração de pedreiras nos subsolos de Paris. Foi dali que saíram as pedras calcárias de tom amarelo que são a marca da arquitetura da cidade.

No final do século XVII, os cemitérios não tinham mais espaço para abrigar gerações e gerações de despojos funerários, e, para combater as epidemias e doenças que assolavam a população, decidiram utilizar parte dos túneis abandonados para abrigar as ossadas. Paris no subterrâneo é um queijo suíço, e seus buracos, que na Segunda Guerra Mundial foram percorridos por alemães e membros da Resistência Francesa, hoje atraem grupos de aventureiros que se reúnem em festas clandestinas.

Patrícia está animada e me garante que não temos motivo para ter medo. Da estação Jacques Bonsergent, ligo para ela e explico que não poderemos nos encontrar na estação Campo-Formio, como havíamos combinado. O francês do alto-falante acabara de informar que a estação tinha sido fechada. Do outro lado, a vozinha excitada respondeu que tudo bem, que então desceríamos em Saint-Marcel. Nos veríamos na plataforma.

—

République, Oberkampf, Richard-Lenoir, Bréguet Sabin, Bastille, Quai de la Rapée, Gare d'Austerlitz. A cauda do trem oscila como a de um réptil. No vagão lotado, uma garota me chama a atenção. O cabelo castanho desgrenhado emoldura um rosto redondo de olhos moles, rasgados. Tento abrir caminho para chegar mais perto, mas a massa se fecha compacta. Quando o trem emerge do longo túnel para um céu triunfal, a partir da Gare d'Austerlitz, se desfralda uma multidão sob um manto de hinos e palavras de ordem. É uma onda colorida de som e fúria. Os olhos da garota parecem soltar chispas. Encaro-a: é muito parecida com Pagu.

Quando saio do trem para a plataforma da estação Saint-Marcel, sinto o cheiro do gás. Vejo duas mulheres cobrindo o rosto com echarpes, embora claramente não sejam muçulmanas praticantes. Atrás delas um homem de cabeça baixa tosse e caminha rápido para a extremidade da plataforma, aonde o gás ainda não chegou. Exclamações, estouros, pessoas dando meia-volta. Ligo para Patrícia. Que a espere, está chegando. Do canto extremo onde me refugiei, vejo a garota de olhos vivos que, indiferente aos efeitos do gás, se lança para fora da estação, empunhando uma faixa que não consegui ler.

Finalmente Patrícia chega, com um lencinho leve de tons avermelhados envolvendo o pescoço. Você vai precisar dele, digo. Uma lufada de gás a faz compreender imediatamente minhas palavras. Seus olhos se apertam. Não imaginava que estaria assim, mas vamos, responde.

—

Se este fosse um livro de realismo mágico, Pagu, os lábios tingidos de roxo e os olhos cheios de fé, mergulharia na multidão enquanto eu, fascinada, a sigo. Entre as armaduras dos policiais, Patrícia, uma gigante de 1,60 m, não tem medo, e grita mais alto. As bombas espalham-se pelo chão, indistinguíveis em meio à fumaça irritante. Ela ampara uma senhora de cabelos brancos curtos e colete amarelo que não consegue abrir os olhos. Não vejo nada, estou cega, a mulher diz em espanhol. Tenho o pensamento incongruente de que seu nome deve ser Conchita. Constato então que dos olhos da velha correm até o chão gordas lágrimas roxas, formando uma poça junto com a urina também roxa que começa a escorrer pelas pernas flácidas. Apavorados, os policiais fogem do fluxo monstruoso. Temem as bruxas como ao diabo. Os que não conseguem se afastar a tempo escorregam no líquido viscoso, que se espalha e desliza em direção aos degraus do metrô. Se chegar até os trilhos, causará sérias perturbações no tráfego. Quando ergo os olhos para procurar Pagu novamente, ela e a velha desapareceram.

Talvez fosse mais adequado à nossa época. Hoje, na América Latina, generais de pijama engraxam as botas, enquanto outros sonham com pelotões de fuzilamento.

—

Quando o gás se dispersa na plataforma, eu e a Patrícia médica subimos os degraus da estação em direção ao exterior e à multidão. Dois policiais, que escoltam as escadas, não respondem às nossas interrogações. Imóveis como soldados do Palácio de Buckingham, assim que passamos por eles algo parece mudar: o fluxo emergente de pessoas faz meia-volta e com ele os policiais também se agitam. Eu e Patrícia nos apressamos e nos lançamos para fora; afinal, não tínhamos ido até lá para morrer na praia. O que vimos foi quase uma praça de guerra; e enquanto colocamos o nariz para fora, somos praticamente atropeladas pelas pessoas e por um novo estouro. Corre, volta, Patrícia diz. Estou estatelada olhando o cenário, surpreendentemente parecido com o mostrado nos vídeos das manifestações de 2013 no Brasil. É menos de um minuto, mas me parece extremamente longo; finalmente desperto e retorno à estação a tempo de ouvir o alto-falante informar que a estação vai fechar. Pegamos o último trem e voltamos a mergulhar nas entranhas de Paris.

(Enquanto isso, no romance fantástico, Pagu cuida da velha no seu *studio* no número 29 da Rue Godot de Mauroy, sob os olhos de uma ratazana quase de estimação.)

—

Sei do endereço da Rue Godot de Mauroy por causa de uma descoberta que ainda não contei. Em todas as fontes que havia consultado, constava que Pagu morou na Rue Lépic, no 18ème, na casa de Elsie Houston e Benjamin Péret, e em seguida no número 12 da Rue Lemercier. Assim, quando cheguei a Paris, me apressei em subir a rua mitológica junto à qual se encrava o famoso Lapin Agile, o pequeno cabaré onde ainda hoje dinossauros da canção francesa se apresentam para turistas crédulos. Mas, após consultar os arquivos de polícia, tive um acesso inesperado aos vários endereços percorridos por Pagu em Paris, e nenhum deles incluía o tal apartamento da Rue Lépic. Mas até agora estive adiando o relato por estratégia. Como numa relação erótica, um romance deve saber o que e quando mostrar ou esconder.

O Arquivo Nacional francês para documentos posteriores ao século XIX fica junto à Universidade Paris 8, à direita da saída da estação de metrô Saint-Denis Université, linha 13. Ando uns quinhentos metros até a entrada que dá para um grande terreno onde se ergue um prédio novo, com paredes de vidro que se refletem em grandes espelhos d'água. Demoro um pouco para encontrar a porta, na lateral direita do prédio, e mais um pouco para entender onde devo me apresentar para iniciar os procedimentos de acesso aos arquivos. O rapaz que me recebe registra minhas informações de identidade e endereço e me entrega uma folha para eu assinar, mas minha nacionalidade aparece como francesa. Fico toda orgulhosa, como se fosse um atestado de que meu francês está impecável, quando obviamente se trata de um engano. Feita a correção, ele faz uma foto minha e me entrega a carteirinha que me abrirá as portas do passado.

Como sempre, não sei por onde começar. Um homem me mostra como atravessar a catraca usando a carteira, e lá dentro descubro que devo voltar para o vestíbulo onde estão os computadores para fazer a pesquisa inicial. Digito o nome Patrícia Galvão e, como esperado, não encontro nada. Aqui Pagu é uma gota no oceano, uma militante estrangeira desconhecida que passou um ano em Paris como milhões de outras pessoas atraídas pela Cidade-Luz. Impotente, olho para o lado e, à minha esquerda, vejo uma cabeça calva debruçada sobre papeis espalhados numa mesa comprida. O funcionário se chama Bóris e sim, pode me ajudar.

De pé junto ao computador, ele me ouve com atenção: Patrícia Galvão foi uma militante comunista que participou das manifestações da Frente Popular nos anos 1934-1935, e não consegui encontrar seu dossiê nos arquivos de polícia, onde me informaram que muitos documentos se perderam após a Segunda Guerra Mundial. Bóris me confirma que é verdade, que os alemães (os boches, como os chamavam os franceses desde a guerra franco-alemã de 1870, uma referência metonímica à marca alemã Bosh) em 1940 haviam roubado muitos arquivos do período entreguerras, especialmente os que se referiam a comunistas, mas que também muitos deles foram confiscados pelo Exército Vermelho no final da Segunda Guerra, passando a constituir o que veio a ser denominado Arquivos de Moscou. Sinto um arrepio: o nome me remete a KGB, conspirações obscuras, torturas no enorme prédio da Lubianka. Após a dissolução da União Soviética, entre 1994 e 2001, os arquivos foram restituídos à França, ocupando mais de dois quilômetros lineares do prédio onde estamos agora.

Bóris, com seu nome e aspecto russos, me ajuda a fazer a busca nos Arquivos: os inúmeros dossiês pessoais não estão informatizados, mas as listas de nomes foram digitalizadas e podem ser acessadas alfabeticamente. Selecionamos a letra G e Bóris me deixa percorrer os sobrenomes, não mais organizados alfabeticamente, mas em uma ordem aleatória. Quando, alguns minutos depois, encontro o nome Galvao Patricia quase solto um grito. Ali está ela, à minha espera.

Mas terei de esperá-la ainda uma semana.

Pierre, que durante as férias estava nos Alpes, volta a Paris por algumas semanas antes da viagem à Amazônia, onde servirá de guia a franceses que também amam a natureza. Longe, me mandava de tempos em tempos fotos dele com os filhos, em temporada de férias no chalé. Perto, ostenta um sorrisinho irônico quando sugiro lugares e restaurantes: coisa de turista, ele diz, e me leva para restaurantes indianos e turcos baratos, na passagem Brady e arredores. Como todos os franceses que conheço, faz sempre questão de pagar. No caminho me mostra a Paris menos conhecida das prostitutas chinesas do Boulevard Saint-Denis, a Paris dos africanos e árabes que se reúnem às pencas diante de lojas de peruca e de produtos de cabelo, nas calçadas dos quartiers do 10ème e do 18ème arrondissements, onde, virando uma esquina, o cenário pode mudar completamente, como se entrássemos em outro país.

Juntos novamente no estúdio, conto a Pierre sobre a minha descoberta. Eu espero o dossiê como a um amante, e neste dia, quando coloco na caixa de som a voz macia de Marisa Monte, não sei para quem danço, se para Pierre, para Bóris ou para Pagu.

Uma semana depois, volto a Pierrefitte para consultar os arquivos que encomendei. A caixa é grande e pesada, e percorro os vários dossiês com impaciência. Tenho medo de no final das contas não encontrar o de Patrícia Galvão, apesar da referência da lista. Quem sabe o dossiê se perdeu, ou talvez seja um quase nada, com menos de uma página. Mas entre os últimos, ele finalmente aparece. Com infinito cuidado, porque minhas mãos tremem, o separo dos outros, pousando-o sobre a enorme mesa como um recém-nascido.

Na capa, logo abaixo do nome de Patrícia, consta que ela nasceu em 9 de junho de 1911, a mesma data falsa que aparece no dossiê de Benjamin Péret (o que leva a crer que não se tratou de mero engano de transcrição). Em seguida, um carimbo indica que ela foi "expulsa por decreto ministerial" (*expulsé par arrêté ministériel*) em 27 de agosto de 1934 e notificada no mesmo dia. Um outro carimbo, no pé de página, à esquerda, mostra caracteres cirílicos que formam palavras em russo meio apagadas.

Quando viro a página da capa, percebo que no verso está colado um pequeno envelope. Abro-o com um cuidado meticuloso e me deparo com fotos de Pagu que nunca tinha visto antes.

São quatro cópias de uma foto dupla, como as que tiram em delegacias, mas a expressão de Pagu não parece a de uma prisioneira. É uma moça de olhos rasgados, rosto liso e tenro, de vastos cabelos compridos e cacheados nas pontas. Em sua foto de perfil, traz um chapeuzinho coco que combina com o casaco elegante, jogado sobre uma camisa de colarinho amarfanhado. Sob as fotos, uma data: 8 de fev 1935. Tem 23 anos e parece uma menina.

Uma carta dirigida à Chefatura de Polícia, de 26 de dezembro de 1934, relata que Patrícia deveria ter saído do país no dia 6 de setembro, mas deixou seu último domicílio no dia 7 (coincidentemente a mesma data da independência do Brasil), sem deixar rastros. Foi procurada sem sucesso e, não tendo sido encontrada, seu nome foi "colocado em observação" (*placé en observation*).

Em seguida, uma ficha individual de "estrangeiros passíveis de expulsão" informa que Patrícia é divorciada de Oswald de Andrade, tem um filho de 4 anos, é jornalista, reside na França há dois meses e meio e que o domicílio à época de sua prisão (*arrestation*) situa-se no número 9 da Rue du Square Carpeaux.

O próximo documento é o Ato de expulsão, datado de 27 de agosto. Os documentos, portanto, são organizados de forma regressiva, dos mais recentes aos mais antigos. Segundo o texto, a estrangeira, que reside irregularmente no território francês, foi detida enquanto distribuía panfletos contra as manobras aéreas, o que confirma a notícia encontrada no jornal *La Défense*. Consta ainda que a detida é conhecida como ativa propagandista revolucionária, frequentando regularmente reuniões e encontros organizados pelo Partido Comunista.

Há algo, entretanto, que não bate, pois a princípio, Patrícia não estaria em situação irregular. De fato, ela obteve um passaporte no Consulado Geral do Brasil em Paris, válido para a França por dois anos, no dia 9 de agosto de 1934 (neste passaporte, porém, sua data de nascimento é 1910).

A documentação prossegue com referências a leis que embasam a expulsão: o artigo 7 permite ao Ministro do Interior determinar a todo estrangeiro viajante ou residente na França que saia imediatamente do território francês, enquanto o artigo 8 dispõe que todo estrangeiro que não cumprir as medidas anunciadas ou que, tendo saído da França em razão dessas medidas, voltar sem permissão do governo, será levado a tribunal e condenado a uma prisão de um a 6 meses, período depois do qual será reconduzido à fronteira. Ao final, determina que a presença da estrangeira é de natureza a comprometer a segurança pública, e encarrega o Prefeito de polícia da execução da sentença.

Antes de percorrer as próximas páginas, volto por uns instantes às fotos inéditas de Pagu, que, apesar de tiradas na prisão, exalam ainda o sopro da liberdade. Lembro uma outra fotografia de Pagu, tirada alguns anos antes. As pálpebras rasgadas sobre olhos ausentes, os lábios rachados em muda oferenda.

A foto foi tirada após sua prisão em Santos em agosto de 1931, quando da sua participação na greve dos estivadores e no comício em memória de Sacco e Vanzetti, executados em 1927 nos EUA. A polícia paulista, ao dispersar a manifestação à bala, executou o estivador Herculano de Souza, o gigante negro que foi tão importante para a conversão de Patrícia, e a prendeu junto com a operária Guiomar Gonçalves. Pagu tinha então 21 anos. Seu rosto de menina me dói como uma ferida viva.

O que diz a carta do Prefeito de Polícia dirigida ao Ministro do Interior:

que a estrangeira foi detida no Square des Batignoles no momento em que distribuía panfletos contra as manobras aéreas;

que ela é uma ativa propagandista revolucionária e participa de reuniões do Partido Comunista;

que ela não subscreveu nenhuma declaração de residência sobre o território francês;

que ela é "défavorablement représentée au privé" (sua vida privada é suspeita);

que sua presença no território francês é claramente indesejável.

O relatório completo dos acontecimentos aparece no final da sequência, e é também datado de 27 de agosto de 1934. O processo, portanto, foi feito em caráter de urgência, passando das mãos do diretor da Chefatura de Polícia ao prefeito e deste ao ministro do interior em um único dia.

Conforme o relatório, às 21h30 do dia 25 de agosto, um guarda da Praça de Batignoles deteve e entregou Patrícia ao delegado de polícia do bairro. Patrícia distribuía então exemplares do panfleto intitulado "300 pássaros de morte sobre Paris", editado pelo Comitê de Coordenação das Forças Antifascistas, que convocava a população a se manifestar na rua por ocasião das manobras aéreas. O panfleto terminava com as seguintes palavras: "Abaixo as manobras aéreas, verdadeira preparação para a guerra."

Na delegacia, a "dita Galvao Patricia", que não possuía nenhum documento de identidade, alegou que não distribuía nenhum panfleto e que os três exemplares que tinha em mãos no momento da sua detenção acabavam de lhe ser dados por um grupo de jovens desconhecidos. Noto que o relatório da polícia não cita em nenhum momento o tal companheiro de Pagu, mencionado na notícia do *La Défense*.

No seu quarto se encontrava uma insígnia representando uma foice em vermelho, com um número. Ela admitiu que essa insígnia lhe foi entregue em Garches, subúrbio de Paris, na Reunião Esportiva Internacional de 15 de agosto.

(O guarda, portanto, acompanhou Patrícia a seu domicílio, provavelmente para que ela pudesse pegar e apresentar seu documento de identificação. Até hoje, se alguém cometeu infração e não porta um documento, é este o procedimento, como fico sabendo por uma colega cujo filho foi multado por atirar à rua imunda mais uma guimba de cigarro.)

Além das informações pessoais já referidas na ficha individual, o relatório menciona que Pagu teria chegado a Paris em junho de 1934, vindo da China via Rússia e Alemanha.

Pagu declara possuir apenas um passaporte, não tendo subscrito até então nenhuma declaração de residência. Segue então a sequência dos lugares onde morou:

> 29 Rue Godot de Mauroy, no 9ème, onde ocupou, de 16 de junho a 16 de julho, sozinha, um quarto com aluguel mensal de 400 francos;
>
> 12 Rue Lemercier, no 10ème, onde, a partir de 17 de julho, ocupou um quarto mobiliado, de preço ainda mais modesto;
>
> 9 Rue du Square Carpeaux, no 18ème, para onde, sem recursos financeiros para pagar um quarto, se mudou após 15 dias, hospedada por uma amiga de nacionalidade francesa por casamento, onde ela se abriga atualmente e faz suas refeições.

(Mais tarde, acrescentarei a essa lista um novo endereço.)

—

Pagu e Elsie eram muito amigas, desde a época em que o casal Péret ("o casal fabuloso", segundo Mário Pedrosa) esteve no Brasil, entre 1929 e 1931. Elsie Houston se casara com o poeta surrealista e militante trotskista Benjamin Péret em Paris em 1928, tendo como testemunhas André Breton e Heitor Villa-Lobos. Em 1927, a cantora já era reconhecida internacionalmente, apresentando-se em Paris ao lado de Arthur Rubinstein e Villa-Lobos na Sala Gaveaux, a mesma onde anos antes, em 1920, o jovem Péret tinha berrado a plenos pulmões "Viva a França e as batatas fritas!".

Em 1930, enquanto Péret escrevia para a *Revista de Antropofagia* e publicava os estudos "O Almirante Negro" e "Candomblé e Macumba", Elsie lançava em Paris o livro *Chants populaires du Brésil*, e no ano seguinte, o ensaio "La musique, la danse et les cérémonies populaires du Brésil". Em 1931, o poeta, acusado pelo regime anticomunista de Getúlio Vargas por atividades subversivas, é expulso junto com a esposa, um espelho do que acontecerá com Pagu três anos depois.

Me pergunto como era a amizade entre Pagu e Elsie. Seria uma relação de companheirismo, de admiração? Uma prisão dolorosa, como a que existia entre Pagu e a irmã mais nova? A pequena Syd ambicionava os gestos e atos da mais velha, acreditava em sua coragem e vontade, a seguia procurando a personalidade aparente. "É atroz a gente sentir que fabrica qualquer coisa contra a vontade", diz Pagu em sua carta-confissão. A responsabilidade que sentia era um tormento; queria ser infeliz sozinha. Libertar-se da tortura do próprio reflexo, de presenciar minuciosamente a repetição do eu. Mais tarde, ela própria sentiria uma admiração imensa por Tarsila. Foi vestida por ela, mimada. Desenhou-a em um bico de pena de traços simples, inspirados no seu quadro *Autorretrato*. "Com Tarsila fico romântica", diz na entrevista de 1929. "Dou por ela a última gota do meu sangue. Como artista só admiro a superioridade dela." Um ano depois, ocuparia o lugar de Tarsila ao lado de Oswald de Andrade.

(Quando voltar ao Brasil, lerei, no prontuário de Pagu, que as irmãs Sidéria e Patrícia, presas em 1936, se recusaram a subir certas escadas, "motivo pelo qual fui obrigado a empurrá-las", diz o autor de um relatório de polícia. Durante o percurso, cantavam a Internacional Comunista e gritavam "Pão, terra e liberdade", quase as mesmas divisas da Frente Popular. Me pergunto se, na ocasião, teriam rido como quando eram meninas.)

Eu poderia escrever todo um outro livro apenas sobre Elsie Houston. Charmosa, refinada mas dada a liberdades de linguagem, há em sua história todos os elementos do melodrama, a começar pelo final: na tarde de 20 de fevereiro de 1943, Elsie foi encontrada morta em seu apartamento na elegante Park Avenue, em Nova Iorque, pelo amigo Marcel Courbon, na cama, totalmente vestida, mas sem sapatos. Ao lado do corpo, um vidro de pílulas para dormir, vazio, e dois "bilhetes de suicida" escritos em francês: um endereçado à irmã, Mary Pedrosa, e outro ao próprio Courbon. Neles Elsie afirma estar "terrivelmente confusa", acrescentando: "Por favor, não deixe ninguém saber disso."

O que Elsie não queria que ninguém soubesse? Eu exploraria as diferentes hipóteses levantadas: a de que sua carreira estava em declínio, desde que a casa noturna Rainbow Room havia fechado as portas pouco depois da entrada dos Estados Unidos na Segunda Guerra e que outras "embaixatrizes exóticas" haviam tomado o seu lugar na preferência do público; a de que ela, uma pesquisadora séria, odiava a vida em Nova York e as performances que era obrigada a fazer para sobreviver; que jamais se recuperara da separação de Péret; que foi assassinada num complô stalinista. Para cada hipótese, uma narrativa. Cada leitor escolheria a que mais lhe agradasse. Embora goste do rendimento melodramático da história do complô, prefiro outra, que, entretanto, não revelarei aqui.

Em 1943, Mário de Andrade escreveu na *Folha da Manhã* um obituário para a cantora, onde afirmava que "era uma cantora esplêndida. Possuía técnica larga, auxiliada por uma inteligência excepcional em gente do canto. Tão excepcional que Elsie Houston conseguia vencer as vaidades, reconhecer suas pequenas deficiências técnicas e os limites naturais da sua voz. E era um gozo dos mais finos a gente perceber a habilidade com que ela escolhia programas ou disfarçava os escolhos ocorrentes no meio duma canção". Mário de Andrade sublinhou a contribuição inegável tanto de Houston como de Villa-Lobos na difusão da música brasileira no Brasil e no exterior. Longe de considerar o papel de Elsie como inferior ao do compositor, Mário fala da interpenetração recíproca do seu gênio, relatando que ele mesmo surpreendeu o autor das Bachianas brasileiras aprendendo os cantos brasileiros de Elsie Houston com avidez de fera enjaulada.

—

O final do relatório garante que, apesar de se dizer correspondente na França de jornais brasileiros como o *Correio da Manhã* e o *Diário de São Paulo*, a dita Galvão era na verdade uma ativa propagandista do Partido Comunista, frequentadora assídua dos meios revolucionários da região parisiense e de manifestações e encontros organizados por grupos de extrema esquerda. Como exemplos, cita sua participação no Congresso organizado no Palais de la Mutualité nos dias 4, 5 e 6, pelo "Comitê feminino de luta contra a guerra e o fascismo", e na já mencionada Reunião Esportiva de Garches, pela Federação Esportiva do Trabalho.

Como coroação, o relatório afirma que Patrícia Galvão passa por ser mulher "de vida fácil" (*être de moeurs assez faciles*), e se entrega frequentemente à bebida e às drogas. Em Paris como no Brasil, é uma mulher de má fama.

—

Pierre me acompanha até o segundo endereço de Pagu, Rue Lemercier, número 12, onde ela ficou hospedada num quarto por apenas 15 dias. Os traços do seu rosto de camponês dos Alpes se suavizaram, exceto nos momentos em que pergunto se é aquele mesmo o caminho. Pierre sente minha dúvida geográfica como uma traição. Seu rosto se crispa num esgar irônico. É claro que estamos no caminho certo, ele se apressa a dizer, o corpo ainda mais alto e empertigado.

A rua fica no 17ème arrondissement, não muito longe do 18ème, onde se aninha numa colina o boêmio e hoje ultraturístico Montmartre, bairro mítico dos artistas franceses e último reduto da Comuna de Paris. No lugar do número 12 da Rue Lemercier, se erguia um edifício deslocado e triste, assentado sobre uma sala comercial e que poderia estar em qualquer cidade do mundo.

Pierre me explicou que, sobre os escombros dos prédios destruídos pelos bombardeios britânicos na Segunda Guerra Mundial, se construíram outros, de estilo diferente do haussmaniano, este conjunto perfeito e bege de edifícios de seis andares que se repete em verde nos jardins bem penteados de Paris. Quase toda a cidade, entretanto, escapou incólume à Ocupação, tendo muito dos belos e amplos prédios haussmanianos sido requisitados para abrigar a nata do nazismo. Fascinado por Paris, Hitler ordenou aos seus subordinados que poupassem a cidade de ataques militares; diz-se que, durante uma visita aos Invalides, meditou longamente diante da tumba de Napoleão. O edifício de Pagu, situado um pouco além da parte nobre de Paris, foi dos poucos que foram destruídos.

Voltamos por Montmartre, e andar pelas ruas que foram percorridas por Van Gogh, Toulouse Lautrec, Dalí e Piaf me consola um pouco. Quero comer um crepe (em francês, aprendo, crepe salgado é galette) e fingir que sou tipicamente parisiense, mas meu desejo só revela o contrário.

No caminho, passamos pelo cemitério, o terceiro maior de Paris. As tumbas cobertas pela luz amarelada dizem: Émile Zola, Stendhal, Dalida. Não sabe quem é Dalida?, Pierre cantarola, o corpo desengonçado. Eu olho as flores abundantes na sepultura da musa da canção francesa e penso em Solange, a misteriosa amiga de Pagu.

Uma figurinha de mulher longínqua, criança de quinze anos mergulhada no gelo de um cemitério parisiense. Tem nas mãos a palheta multicolor e o olhar passivolante no vazio. Mancha negra na claridade de inverno. Cavernosos olhos líquidos e incertos. Música de órgão. Um pretinho africano embevecido na presença da deusa. Uma corrida de criança na tempestade branca. Potência de anseios e perspectivas. Uma valorosa e privilegiada pessoazinha.

Quem é essa mulher? Uma figura imaginária, a mesma do heterônimo Solange Sohl? Autorretrato de uma lutadora generosa, a aquarela de uma refugiada? Ou uma amiga real, que teria escrito uma carta publicada no jornal *A Noite* sob outro heterônimo de Patrícia, o de Ariel?

Carta de Solange, 10 de setembro de 1942

Fosca - Nestes últimos dias de inverno, às portas da primavera, você me pede que colabore na sua página, querendo fazer de uma costureira uma cronista de Moda. Atendo ao apelo para lhe dar a minha solidariedade no seu trabalho, a favor da Mulher que procure este lugarzinho do quotidiano, e que deseje encontrar também aqui, entre notas universitárias, receitas, trechos de puericultura, algo de frívolo e de passageiro, sendas e sedas, cores e cortes, o nosso rincão de futilidades.

Seria Solange uma artista, uma mártir da liberdade?

Estudava pintura em Paris, pobre e triste, mas imperturbável diante dos obstáculos. Lembro as lágrimas contidas de principiante na semeadura de um grande mestre cruel que intencionalmente queria experimentá-la nas facetas do inabalável para depois venerá-la na sobrejustiça. Onde andará Solange nestas horas de lembrança? Ela que foi a meiga fada da luta pela liberdade. Onde andarão as suas canções e a descomunal sanfona que eram a delícia de uma partição perdida de Montparnasse?

Pierre agora pula por entre os túmulos, subitamente vivo nas aleias mortas. Uma foto, vamos, vamos! Empertigado, congela o sorriso ao lado de Truffaut.

E Solange ficou em Paris. Esperou o nazismo para fitá-lo firmemente, para medi-lo ostensivamente com os seus olhos de fogo e metal. Os olhos que eram líquidos. E evidentemente foi esmagada quando cantava a liberdade. Você mesma fez escorrer na planície branca uma água sangrenta partindo de uma rocha estrangulada. Atrás deste profundo negro, destroçada nesta sua batalha de morte. Foi o seu pincel que deixou na rocha morena as marcas de tortura, os sulcos da predestinação.

Onde encontrar flores para você?

No pequeno café, pedimos cada um sua galette de trigo sarraceno, a dele com ovo, a minha mais leve, acompanhada de uma taça de vinho branco, porque começa a fazer calor.

Pierre, cada vez mais eufórico, me leva para conhecer os armarinhos e lojas de tecido que se estendem ao pé da colina. Mergulho num devaneio colorido de formas e texturas; por vários andares, se veem rolos de tecidos de todos os mundos; no térreo, um painel de botões se estica até o teto exibindo uma variedade extravagante. Dali saímos para um café numa *terrasse*, a varanda externa das *brasseries* com as mesas redondas e cadeiras trançadas que continuam fazendo a fama de Paris.

Nem parece que, algumas horas antes, tínhamos passado por um prédio diante do qual Pierre se postou, me perguntando, desafiador, sabe que prédio é esse? Eu não sabia: era o edifício do jornal satírico *Charlie Hebdo*, com a grande porta lacrada, o mesmo onde ocorreu o terrível atentado terrorista que matou doze pessoas e feriu gravemente outras cinco. Contendo as lágrimas, Pierre me contou que conhecera uma das vítimas.

De volta ao meu sofá-cama perpetuamente aberto, enquanto acaricio seu corpo abandonado, Pierre murmura, de olhos fechados: “Eu tive muita sorte.” Me sinto lisonjeada, mas também um pouco aliviada ao lembrar que no dia seguinte ele partirá para a Amazônia.

—

Escrevo a Bóris, atenta para não cometer nenhum erro de francês:

Muito obrigada pela ajuda em minha pesquisa! Escrevo-lhe para lhe informar o que encontrei no dossiê de Patrícia Galvão e lhe pedir orientações sobre os próximos passos.

Patrícia Galvão foi expulsa do território francês no dia 27 de agosto de 1934, mas aparentemente não saiu de Paris antes do dia 8 de fevereiro de 1935 (é esta a data que consta sob a foto que encontrei no dossiê). Segundo o que li nos documentos, ela deveria partir no dia 6 de setembro de 1934, mas fugiu, abandonando seu domicílio conhecido no dia 7 do mesmo mês, e em dezembro ainda não tinha sido encontrada. É possível que tenha sido presa mais tarde por até seis meses, porque os documentos informam que segundo o artigo 8 da lei de 13-21 de novembro e 3 de dezembro 1849, todo estrangeiro que desobedece à ordem de expulsão "será condenado de um a seis meses de prisão".

Gostaria de saber onde poderia encontrar documentos sobre a possível prisão de Galvão. Como ela foi detida no Square de Batignoles e morava no 18ème arrondissement, suponho que ela tenha sido presa em Paris, na prisão de La Santé.

Agradeço antecipadamente toda informação que puder me dar.

Atenciosamente,

Espero ansiosa a resposta. Mal vejo a hora de encontrar nos arquivos das prisões o nome de Patrícia Galvão, ou o de Léonie Boucher.

A espera não é fácil. A cidade se esvaziou com as férias de verão, e até os donos da padaria mais próxima, como quase todos os parisienses, fugiram para a província. Estamos em julho e começaram as ondas quentes da canícula.

4

Na plataforma da linha 11, à espera do trem do metrô que me levará a Porte des Lilas, o calor parece menos terrível do que na rua. Dez minutos antes, a caminho da estação République, lufadas quentes de poeira me atingiam em ondas que eu atravessava de olhos semicerrados. O presidente Macron tinha decretado estado de emergência e barateado as viagens de metrô: um bilhete comum seria válido para o dia inteiro, oferta que se repetiria por mais alguns dias. A cidade se transformara num forno a céu aberto.

O arquivo das prisões fica no boulevard Sérurier, uma das avenidas do cinturão que envolve e delimita Paris. Por ele passam os bondes que fazem a ligação entre as várias Portas que separam a cidade da periferia: Porte de Clignancourt, Pantin, Chapelle, Lilas... Atravesso os trilhos e alcanço o pequeno prédio instalado junto ao verde de um grande campo esportivo. Já conheço o ritual e logo estou com minha sacola transparente em punho, esperando com o corpo alerta os volumes pesados de muitas vidas.

São dois volumes: um com os registros de 18/12/1933 a 17/08/34 e o outro de 18/08/34 a 18/03/35. A partir de março, o registro das presas não está disponível para consulta imediata: o livro, em más condições de conservação, foi arquivado em um anexo e terei de solicitar uma consulta especial, feita por arquivistas especializados, com prazo de resposta previsto de dois meses.

Prisão feminina Petite Roquette. O nome adoravelmente delicado esconde a ferocidade das fêmeas. O primeiro grande livro das detenções jaz sobre o pano vermelho-versailles, como um ancião bíblico deitado na alcatifa. Folheio cuidadosamente as páginas empoeiradas onde desfilam nomes esquecidos. Poyer,

40 anos, 1,54 m, *catholique*. Às vezes abreviam com um simples C, quase todas se dizem católicas. Esther Grinboin e Ruth Adler se destacam como "judias" e "estrangeiras". E há as sem religião. Observo as letras: um escrivão desenha os nomes com mais capricho que outro, às vezes com tanto esmero que tenho dificuldade em desvendar a letra.

Encontro uma brasileira, Gredenberg, Fania Roytmann, 29 anos, nascida em Odessa em 1894, costureira de religião "israelita". Tem 1,56 m e foi conduzida à prisão no dia 19 de março de 1934, culpada de infração a decreto de expulsão. Várias são culpadas do mesmo delito, como a polonesa Helena Wrobel, 38, diarista (*journalière*), católica. Eita Perelman, Esther, parteira, 1,56 m, 41 anos, casada, israelita, moradora do Faubourg Saint-Martin, foi detida em 2 de março de 1934 pela prática de aborto, presa em 18 de junho e transferida a Fresnes em 16 de outubro, condenada à prisão por um ano e proibida de exercer a profissão por dez. Kiffer, Louise Henriette, foi presa por injúria (*outrages*) e rebelião. Parisot (48 anos, 1,55 m) e Marie Chevalier (62 anos, 1,64 m), condenadas por mendicidade. Dufay (sem religião) e Blonard (católica), condenadas por roubo; Wojdzistovvska, 22 anos, 1,45 m, por uso de passaporte falso. Várias mulheres foram presas por infração a decreto de expulsão. Mas Patrícia Galvão não está lá.

Ainda não sei que em breve encontrarei Léonie Boucher.

Percorrendo as páginas em busca de Galvão Patrícia, encontro uma quase homônima de Léonie: Emma Bucher, 28 anos, detida por roubo. Lembro-me então que devo procurar também pelo pseudônimo que Pagu adotou na França, e volto ao início, temendo ter deixado escapar o registro. Não tinha escapado, mas quando começo a explorar o outro livro, referente ao período anterior a agosto de 1934, eu a encontro: Léonie Boucher, 19 anos, detida por roubo em 2 de maio e transferida para a prisão de Fresnes em 10 de junho de 1934.

Há algo, porém, que não bate: em maio de 1934, Pagu estava às portas de Moscou, como atesta um bilhete enviado a Oswald. Além disso, seu passaporte obtido no Consulado Geral de Paris é datado de 9 de agosto de 1934, e o dossiê de Pagu nos arquivos de Moscou se refere a fatos acontecidos a partir desta data. Como poderia então estar em Paris em maio e ser presa como Léonie Boucher?

—

Esta noite, sonhei com um estranho cortejo. Sob uma chuva fina dispersa pelos uivos do vento, caminhava uma fila de mulheres, algumas bem-agasalhadas, outras tremendo de frio e fome. Helena Wrobel de olhar perdido, as mendigas Parisot e Chevalier, a "fazedora de anjos" Esther Eita Perelman, a ateia Dufay. No final da fila, um pouco afastada das outras, Léonie Boucher trazia a cabeça coberta.

Acordei suando no calor do *studio*. Precisava dar um jeito nisso. Na loja de departamentos aonde vou em busca de um alívio para o calor, parada na fila, noto que todas as pessoas têm um ventilador nas mãos.

Em casa, com o rosto voltado de frente para as hélices do aparelho meio torto que acabei de montar, planejo os próximos passos:

ir ao arquivo da prisão de Fresnes em busca do registro de Léonie Boucher;

nos mesmos arquivos, procurar por Patrícia Galvão;

investigar a possível existência de uma verdadeira Léonie Boucher;

procurar por Patrícia Galvão nos registros dos hospitais de Paris, já que várias fontes indicam que ela se feriu seriamente nas manifestações de que participou.

—

Durante o período em que está na Amazônia, Pierre me envia a intervalos regulares fotos suas. Pierre no barco, no alto de um grande mastro; Pierre de colete salva-vidas, pronto para mergulhar; Pierre cercado de dois franceses velhos e calvos, mas em ótima forma; Pierre de chapéu de sol com o rosto deformado por uma lente que lembra o olho mágico de uma porta. A cada vez, respondo suas mensagens com carinhas sorridentes.

Sua última mensagem confessa que está ansioso para me ver. Combinamos de caminhar na beira do canal Saint-Martin. Pierre me parece ainda mais alto e magro, e não sei por que me lembra uma espiga de milho. Ele me conta da sua temporada no Brasil: como o guia brasileiro lhe parecera contraditório, ao mesmo tempo gentil e violento, afetuoso e defensor do extermínio de indígenas e até da própria floresta. Não consigo entender o Brasil, ele diz, balançando a cabeça. Vivem pendurados no celular e acreditam em qualquer bobagem. Mas os turistas franceses tinham gostado, compraram muitas de suas fotos, e provavelmente o chamariam para uma segunda expedição, em outubro, na época do longo feriado de Toussaint.

O sol tardio das 20h se espalha pela superfície do canal, que no fim do dia está emoldurado de embalagens de plástico, papéis de sanduíche e latinhas de cerveja. Pierre segura minha mão entre as suas, suadas e duras. Está na casa da mãe e não aguenta suas manias: tem lugar e hora certa para tudo, tem que dobrar a roupa de um jeito específico, usar o banheiro e fazer as refeições seguindo as regras dela, que vive se queixando de dor aqui e ali, quando não são as costas é o peito, e quando não é o peito é a cabeça. Não quer mais ir ao chalé, não se importa de não ver os netos e quase não sai de casa. Evidentemente, morar aos 50 anos na casa da mãe, mesmo que por períodos não muito longos, não ajuda a manter o bom humor.

Tenho medo que você conheça outro francês, Pierre me sussurra, enquanto esperamos a entrada do jantar, desta vez num restaurante que escolhi, de comida francesa *fait maison* (feita em casa). Vem comigo para o chalé, você vai gostar, diz. Ele me garante que lá terei tempo e clima fresco para escrever, e eu prometo que vou pensar.

(Por que sou tão reticente com Pierre? É um belo homem, suficientemente culto, esportivo, meio parecido com Jacques Cousteau, e parece que gosta mesmo de mim. Claro que não convém me envolver se ficarei em Paris só um ano, mas Pierre não tem trabalho fixo e começa a fazer planos. Há nele, porém, algo que me incomoda.)

Aprendi cedo em Paris que a cordialidade brasileira não funciona muito bem aqui. Franceses são orgulhosos, gostam de brandir seus direitos, mas também de argumentar com alguém que mantenha a cabeça erguida, e não é por acaso que em francês conversar e discutir (*discuter*) são sinônimos. Minha maioridade aconteceu num café que eu frequentava, próximo à Sorbonne; parece que eu havia esquecido de dar *Bonjour* ao garçom, que desde então assumira uma atitude distante e irônica diante de mim. Um dia, pedi um frango que veio seco e duro, e, já mais à vontade com a língua, fiz um pequeno escândalo francês. Aziz (foi neste momento que soube o seu nome) me disse algo sobre eu tê-lo ignorado, eu respondi que foi sem querer, mas que aquele frango era inadmissível; ele trouxe um steak tartare e desde então ficamos amicíssimos. Agora, toda vez que entro no café, dou o meu melhor *Bonjour* e ele me reserva a melhor mesa.

(Mas, pensando bem, talvez Aziz tivesse apenas uma capa francesa sobre uma túnica árabe.)

No dia seguinte à partida de Pierre, vou até o arquivo da prisão de Fresnes. São 20 paradas de metrô saindo da République até a estação Créteil-Préfecture, situada num enorme centro comercial atualmente em obras. Saio no estacionamento e fico atenta às placas para não me perder. Depois de algumas idas e vindas em busca da saída 12, finalmente alcanço o exterior do shopping, onde me recebem prédios altíssimos diferentes em tudo dos de Paris. Avanço com cautela por baixo de um viaduto, um lugar que no Brasil eu jamais me aventuraria a atravessar. Quando finalmente chego à porta do Arquivo de Val-de-Marne, encontro um cartaz avisando que o prédio estará fechado a partir daquele exato dia.

Quase todas as minhas fontes de pesquisa secaram devido ao recesso de verão. Só me resta aguardar sua reabertura no chalé de Pierre, onde com alguma sorte poderei também ver neve pela primeira vez.

Enquanto não parto para os Alpes, aproveito para visitar os locais onde Pagu morou em Paris, segundo as informações do dossiê de Moscou.

Godot de Mauroy, 29, no 9ème. O prédio onde Pagu ocupou por um mês um quartinho modesto hoje se instala num dos locais mais valorizados de Paris, junto à igreja da Madeleine. Ao pé da igreja, se espraiam adoráveis barraquinhas de flores que os cafés espiam. A hora do almoço é particularmente movimentada: filas de jovens inundam a rua em busca de refeições rápidas, muitas étnicas (turcas, chinesas, indianas) ou saudáveis (saladas bio, vegan). É difícil imaginar a rua onde Patrícia descia em julho de 1934, com sobressalto e fome, meio sufocada pelo calor e pelo suor.

Deixo por último, como quem guarda a última garfada de um prato delicioso, a Rue du Square Carpeaux, 9, residência de Elsie Houston e Benjamin Péret. Foi lá que os agentes da polícia foram buscar Pagu no dia 6 de setembro de 1934 e constataram que havia fugido da expulsão iminente. É um belo prédio dos anos 30, situado junto a uma pracinha transbordante de carrinhos de bebê, mas a poucos passos do coração da boemia artística de Montmartre.

Ando pela rua me imaginando na pele de Patrícia. O sol banha tudo com uma luz amarelada que as pedras refletem, a ponto de não sabermos qual é a verdadeira fonte da luz. O céu está limpo e fresco, os barulhos de criança que vêm do parque consolam. Respiro fundo, penso com Patrícia: estou em Paris! Vou ao café X, será que estarão todos lá? O mítico Breton, o épico Malraux, o implacável Aragón. E Crevel, o lindo e talentoso René Crevel.

—

Fui assistir à peça *A cantora careca*, em cartaz há 61 anos no Théâtre de la Huchette, no coração do Quartier Latin. Na rua estreita, turistas se acumulavam: falavam alemão e italiano, que se misturavam ao português que uma colega brasileira e eu trocávamos. Eu estava com um vestido florido de alcinha, como se estivesse no Rio de Janeiro. Um homem puxou papo; imaginei que estivesse flertando, mas logo ele sugeriu um restaurante para depois da peça. Era um desses caçadores de turistas a serviço de um estabelecimento.

Pagu teria adorado a montagem da peça: a proximidade dos atores, sua atuação entre a caricatura e uma banalidade tocante, o teatro pequeno e íntimo, o calor meio sufocante que começa a escorrer das costas dos espectadores. Li que Patrícia traduziu *La cantatrice chauve* para o português e que recebeu o próprio Ionesco em Santos, na época em que se dedicou ao teatro. Seu entusiasmo não surpreende: Patrícia sempre odiou a hipocrisia e os códigos artificiais da vida burguesa, postos a nu no teatro do absurdo. Ou não eram absurdas as "normalinhas" descritas por ela em sua coluna de jornal *A Mulher do Povo*, sempre em bandinhos risonhos, "encurraladas em matinées oscilantes, semiaventuras e clubes cretinos"? Garotas tradicionais que, "com o rosto enfiado na bolsa escolar e pernas reconhecíveis e trêmulas", subiam "impassíveis para uma *garçonnière* vulgar"? E que "descem do bonde, se sobe nele uma mulher do povo, escura de trabalho"?

A peça de Ionesco adaptada aos Alpes franceses ficaria mais ou menos assim:

A Cantatriz chove

CENA I

Interior alpino francês, com móveis alpinos franceses. Noite francesa. Fora do chalé chove copiosamente. Pierre Dubois, francês, na sua cozinha francesa, abre sua geladeira francesa de onde tira queijos franceses. Ele usa óculos redondos franceses, um casaco francês e botas alpinas francesas. Seguindo seus passos, Adriana Armony, brasileira e carioca, espia com olhos brasileiros e cariocas seus movimentos franceses. Um longo momento onde as bufadas francesas de Pierre se misturam ao barulho de talheres franceses que vem do salão alpino francês. Um nariz francês se assoa ruidosamente.

M. DUBOIS
Voilà, Adrianá, são 21h e os hóspedes terminaram a refeição. Eles tomaram a sopa francesa, comeram o frango francês e se preparam para a próxima etapa francesa. É porque somos franceses e nosso nome é Dubois, que significa da floresta, ou do campo.

Mme ARMONY
Todos os franceses se chamam Dubois?

M. DUBOIS
É que somos camponeses, mesmo que filhos da Revolução Francesa. Mas me diga, Mme Armony, qual é a próxima etapa francesa? Digo, da cozinha francesa, não a cozinha como aposento, claro, mas a *cuisine*, se é que me entende.

Mme ARMONY
(*desviando o olhar da sujeira francesa incrustada no rodapé da cozinha francesa*)
Entendo, entendo. Ou acho. (*refletindo um pouco*) Tiro os talheres?

M. DUBOIS
(*com uma bufada francesa*)
Não, não deve tirar os talheres.

Mme ARMONY
Vou até a grande mesa de taberna francesa e pergunto com um sorriso brasileiro e carioca se desejam algo mais?

M. DUBOIS
Vamos, se esforce um pouquinho. O que franceses comem depois da refeição?

Mme ARMONY
(*com expressão de boa aluna, mas um pouco insegura*)
Sobremesa?

M. DUBOIS
(*Bufa*)

Mme ARMONY
Frutas? Café?

M. DUBOIS
(*falando para si mesmo e ao mesmo tempo procurando apoio da plateia*)
Não é possível.

Mme ARMONY
Não é possível comer após a refeição?

M. DUBOIS
Queijo! Cheese, fromage, petite imbécile!

Mme ARMONY
(*arranca um pedaço de queijo das mãos de Pierre*)
Oh-là-là!

Mme Armony sai a toda velocidade. Com uma mão deposita o queijo sobre a mesa e com a outra vai recolhendo os pratos fran-

ceses. M. Dubois solta um urro de animal ferido. Francês (provavelmente um javali).

M. DUBOIS
Aaaaahhhh!

Um hóspede calvo tira lentamente uma peteca do mantô e começa a lançá-la em direção à viga que sustenta o telhado do chalé, ao mesmo tempo que cantarola a Marselhesa. Uma senhora idosa e esportiva com uma mecha rosa no cabelo solta um risinho histérico. Os demais hóspedes olham para as próprias mãos francesas.

Mme ARMONY
(*paralisada, com um prato sujo na mão*)
O que aconteceu? Você se machucou?

Lágrimas escorrem copiosamente do rosto de Mme Armony.

M. DUBOIS
Nunca, mas NUNCA mais faça isso, entendeu? Franceses comem queijos franceses nos pratos franceses que usaram na refeição francesa. Não queremos sujar pratos desnecessariamente e precisar de duas sessões da máquina de lavar louça, acabando com os recursos naturais, certo?

Mme Armony devolve o prato sujo à mesa e começa a jogar peteca com o homem calvo. Cresce o barulho da chuva.

Mas sem dúvida minha cena preferida de *La cantatrice chauve* é aquela em que, depois de uma troca de informações pessoais que espanta o homem e a mulher em cena pelas coincidências, eles acabam descobrindo que são casados.

Mme ARMONY
(*andando exausta em meio à neve dos Alpes, encontra M. Dubois no caminho*)
Com licença. Por gentileza, estou procurando o chalé Lapin.

M. DUBOIS
Mas que coincidência. Estou indo justamente para o chalé Lapin.

Mme ARMONY
(*subitamente animada*)
Que coincidência! Quero chegar lá a tempo de pôr a mesa do jantar.

M. DUBOIS
Mas que coincidência impressionante! Estou voltando para lá agora mesmo, a tempo de organizar o jantar.

Mme ARMONY
Vim passear nos Alpes para conhecer neve e os belos lagos alpinos.

M. DUBOIS
Que coincidência, que coincidência! Vim passear nos Alpes para mostrar neve, os belos lagos alpinos e fazer um piquenique.

Mme ARMONY
Mas que coincidência incrível! Comi um sanduíche de queijo francês com pepinos, contemplei um belo lago alpino e andei sobre a neve!

M. DUBOIS
Meu Deus do céu, mas que coincidência! Comi um sanduíche de queijo francês com pepinos contemplando um belo lago alpino, andei sobre a neve e até fiz umas bolotas com ela. E lancei-as para longe de mim!

Mme ARMONY
Ai, mas que coincidência, que coincidência! Comi um sanduíche de queijo francês com pepinos contemplando um belo lago alpino, andei sobre a neve e fui o alvo de umas bolotas jogadas contra mim. Não é incrível?

A chuva, que até então era um chuvisco, engrossa de repente. Mme Armony, que está com um casaco carioca e botas cariocas, não está tão bem equipada como M. Dubois. Em várias ocasiões escorrega ligeiramente, enquanto M. Dubois mantém o passo até chegarem a um carro estacionado ao pé da montanha.

Mme ARMONY
(*tímida*)
Você me daria uma carona até o chalé?

M. DUBOIS
Bom, nessa altura não resta dúvida, viemos juntos e, portanto, devemos voltar juntos. Vamos, entre. E da próxima vez use uma bota alpina francesa.

Como combinado, no dia seguinte Pierre me deixa de carro na estação do trem que me levará a Turim, onde ficarei por alguns dias antes de voltar a Paris. Eu passara o dia anterior contando as horas para a minha partida, após uma temporada marcada por bufadas, zombarias, ataques de impaciência e arrogância patronal. Ao chegar ao hotel, aliviada, abro a mala e constato que esqueci minha sacola com a sapatilha e as havaianas.

Agora eu era uma Cinderela às avessas, que tinha que buscar meu sapatinho onde não queria. Aprenderei depois que em francês a personagem chama-se Cendrillon, devido ao fato de que, trabalhando no serviço doméstico, está sempre coberta de cinzas. Tradicionalmente, cinzas são símbolo de humilhação e penitência: Jeremias, na Bíblia, e Ulisses, na Odisseia, se penitenciaram por meio delas. Naquele momento eu estava coberta de cinzas alpinas, mas recuperar o sapatinho era bem o contrário da minha redenção.

Mesmo assim fiz o esforço, porque eu adorava aquela sapatilha, e tinha trazido poucos sapatos para a minha temporada francesa. Ainda em Turim, escrevi a Pierre. Como ele voltaria a Paris para buscar os filhos que tinham entrado de férias, pedi para que deixasse a sacola com os dois calçados num ponto qualquer, a casa da mãe, uma loja de um conhecido ou mesmo a seção de achados e perdidos da Gare de Lyon. M. Dubois me garantiu que era impossível, que não podia deixar um pacote na estação por causa de suspeitas de terrorismo, e quando argumentei que no Brasil o serviço de objetos achados e perdidos funcionava perfeitamente, respondeu de maus modos que bastava, estava de saco cheio e tinha mais o que fazer.

Imediatamente, saí do hotel e comprei uma linda sandália italiana. No dia seguinte uma mensagem de Pierre me informava que a sacola já estava no setor de objetos encontrados da Gare de Lyon.

—

De volta a Paris, já calçada com as minhas confortáveis sapatilhas, me dirijo novamente ao arquivo de Fresnes, onde a jovem Léonie Boucher me esperava no grande livro das mulheres presas.

Vejo-a de saia verde e jaqueta preta, uma garota de apenas 19 anos, cozinheira, de cabelos desgrenhados. Condenada a quatro meses de prisão por roubo, ela ficou presa em Fresnes de 11 de junho de 1934 a 27 de março de 1935, quando foi liberada por expiração de pena.

Anotações misteriosas indicam um histórico de "supressão de criança" (*suppression d'enfant*) em Haute-Vienne, com pena de um ano de prisão com direito a sursis, de 08/11/32 a 21/02/1933, e seu regime de prisão, fora e dentro de cela, em diferentes intervalos. Aos 18 anos, portanto, Léonie Boucher parece ter sido condenada por aborto.

Evidentemente esta Léonie não é Pagu. Enquanto a jovem cozinheira estava presa, Patrícia distribuía folhetos na Praça de Batignoles, era detida pela polícia e fugia à expulsão deixando a casa de Elsie Houston. Em comum, ambas tinham, além do nome, a altura: 1,60 m. Imagino que Pagu tenha utilizado a identidade de Léonie enquanto esta se encontrava presa. A altura semelhante ajudaria no disfarce.

Minha curiosidade me leva a procurar saber mais sobre Léonie. Depois de algumas buscas na internet (estava ficando afiada), encontro o seguinte registro nos Arquivos de Haute-Vienne.

Fico sabendo, assim, que Léonie-Marie Boucher de la Roche se casou em 18 de maio de 1945 com Léonard Chavernand, exatamente 10 dias depois do Dia da Vitória na Europa sobre a Alemanha Nazista, e morreu em 7 de maio de 1988.

(Será que Léonard lutou na Guerra? Se reencontraram emocionados e decidiram se casar o mais rápido possível, porque perceberam que a vida é um nada e pode terminar a qualquer momento? Tiveram filhos que prolongaram seu nome? Aos 74 anos, quando morreu, tinha as suas mãos entre as dele?)

Quanto às prisões de Pagu, volto à estaca zero, e só me resta esperar o resultado da pesquisa que solicitei, o grande livro dos registros da prisão da Petite Roquette a partir de março de 1935.

(Receberei o resultado em janeiro do ano seguinte, graças à boa vontade de uma funcionária que se compadece de mim: nenhum registro de Patrícia Galvão ou de Andrade em 1934 ou 1935.)

—

É então que me dou conta de que tenho pouquíssimos indícios do que se passou com Pagu em Paris em 1935:

> um carimbo com a data de 8 de fevereiro de 1935 sob uma foto tirada pela polícia, no dossiê;
> um passaporte com as datas de repatriamento (27 de setembro de 1935) e embarque no porto do Havre (4 de outubro) e da chegada no porto do Rio de Janeiro (23 de outubro);
> uma carta sua a Oswald, datada apenas de 17 de julho, que, segundo se costuma supor, seria de 1935.

Releio a carta com atenção detetivesca. Sempre apreciei literatura policial: há mesmo quem diga que quase toda literatura é policial, com a diferença de que às vezes não se trata de investigar quem é o autor da falta, mas por que a cometeu, ou como. No momento, estou procurando o "quando".

A carta menciona o pacto de "frente única dos partidos comunista e socialista franceses" (a Frente Popular), o medo da burguesia e a reação das organizações fascistas como a Camelots du Roi, e cita combates de rua. Qualifica o 14 de julho como "um colosso": jovens comunistas desfilaram pelos bailes burgueses e pelas ruas, cantando a Internacional e aplaudidos pela população. Na abertura da carta, encontro uma pista que pode ajudar: Pagu afirma que *L'Humanité* tem publicado "coisas sobre o movimento grevista brasileiro".

Corro aos arquivos de *L'Humanité*, disponíveis na plataforma digital da BnF, e comparo edições dos anos de 1934 e 1935. Várias edições de 1934 conclamam à unidade de ação, como descrito na carta de Pagu. A de 15 de julho de 1934 traz uma menção às greves no Brasil, enquanto que nenhum exemplar de 1935 toca no assunto.

Revendo a reprodução da carta de Pagu, percebo agora que ela havia escrito a lápis, na lateral da folha, que a carta deveria ser entregue "aos camaradas comunistas" para comunicar que "começo o meu trabalho revolucionário em Paris". Parece não restar dúvida, portanto, que a carta é de 1934.

Quanto à data sob a foto, por enquanto me contento com a suposição de que se trata do dia do arquivamento do dossiê, já que este termina com a informação de que, até dezembro de 1934, Patrícia Galvão não tinha sido encontrada. Outra possibilidade seria que tenha sido capturada naquela data, mas neste caso como se explicaria não haver qualquer informação sobre esse fato no dossiê? Um enorme "o quê" se abre e ameaça me tragar: afinal, o que aconteceu com Pagu em Paris, naquele ano de 1935?

5

O capítulo começa com uma mulher descendo as estreitas escadas em forma de caracol, dois pés delicados se alternando contra o fundo de uma parede amarronzada da qual pedaços ressecados de tinta se descolam como cascas de árvore. Ela veste um casaco elegante, preto e longo, mas está calçada com sapatilhas simples, silenciosas. Ao chegar ao pé da escada, troca-as por botas altíssimas, de um negro brilhante.

Na rua, a mulher sente o ar perfumado golpear-lhe o rosto jovem. Há todo um mundo fervilhante para além das escadas estreitas, da mãe dona de casa, do pai ferroviário. O mundo dos cafés do Quartier Latin, onde se metamorfoseia em borboleta: seu pai é engenheiro-chefe, sua mãe é costureira da Maison Paquin. Ela fuma, ri, se diverte com os filhos da burguesia.

É uma cena muito parecida com a tomada inicial do filme de Claude Chabrol, onde uma Isabelle Huppert de rosto quase adolescente troca sapatos caseiros pelos finos scarpins que a levarão à paixão e ao crime. Trata-se da famosa Violette Nozière, assassina do próprio pai, protagonista de um processo que mesmerizou a França nos anos 30. Violette, o monstro de saias.

Chego a Violette Nozière seguindo a pista de um texto escrito por Pagu. Num artigo de 10 de agosto de 1947 intitulado "O surrealista René Crevel", Patrícia lembra a vida e a morte do jovem e belo escritor que, em 1935, se suicidou abrindo a torneira do gás do seu apartamento. Depois de mencionar um quadro de Marx (*sic*) Ernst em que Crevel aparece "com os seus 20 anos, um sonhador, rosto de menino, coberto por uma bela cabeleira", retratado numa das sessões iniciais do surrealismo, em 1922,

Pagu passa a refletir sobre o suicídio de Crevel. Ela cita as palavras dele: "Há quem se suicide, diz-se, por amor, por medo, por sífilis? Não é verdade. Todo mundo ama, ou acredita amar; todo o mundo tem medo, todo o mundo é mais ou menos sifilítico. O suicídio é um meio de seleção. Suicidam-se os que não têm a quase universal covardia de lutar contra certa sensação da alma tão intensa que é necessário tomá-la, até nova ordem, por uma sensação de verdade. Só esta sensação permite aceitar a muito verossimilmente justa e definitiva das soluções: o suicídio." Entretanto, logo em seguida Patrícia levanta duas hipóteses: a de que Crevel escolhera "abandonar a vida" após o fracasso da sua tentativa de promover o entendimento entre os surrealistas e o grupo de extremistas comunistas que realizava o Congresso Internacional de Escritores; e um "motivo obscuro": a confissão que lhe fizera, segundo o que se disse então, a jovem Violette Nozière.

Segundo consta em sua fortuna biográfica, Pagu teria recebido um telefonema de Crevel pouco antes do suicídio, embora no artigo ela não mencione o fato. Tenho esperança de que este possa ser um dado relevante para saber o que aconteceu a Pagu em 1935.

O crime cometido por Violette aconteceu um ano antes da chegada de Pagu a Paris, no calor sufocante do verão, em 21 de agosto de 1933. Uma pequena cronologia seria mais ou menos assim:

> em abril de 1932, descobre que está com sífilis; em 14 de dezembro de 1932, após uma discussão com o pai, deixa um bilhete falando de suicídio, mas é encontrada pela polícia sã e salva no Cais Saint-Michel;
>
> no início de março de 1933, a doença se agrava e Violette convence o médico a escrever um falso atestado de virgindade de forma a tornar seus pais responsáveis pela doença, que seria hereditária;
>
> em 23 de março de 1933, primeira tentativa de envenenamento: Violette dá aos pais e ela mesma ingere o sonífero Soménal, mas a dose é fraca; um início de incêndio provocado acidentalmente por um isqueiro utilizado por Violette consome a cortina que separa o corredor do quarto; ela pede ajuda aos vizinhos e o mal-estar dos pais é atribuído à intoxicação pela fumaça;

em 30 de junho de 1933, apaixona-se por Jean Dabin, estudante e *camelot du roi*, militante do movimento nacionalista e monarquista de extrema direita vinculado à Action Française, a quem dá diariamente de 50 a 100 francos, fruto do roubo dos próprios pais ou da prostituição ocasional;

em 17 de agosto de 1933, planeja prolongar as férias com o amante em Sables-d'Olonne, no Loire, aonde iria num carro alugado com o dinheiro dos pais;

em 21 de agosto, segunda tentativa de envenenamento, agora com uma dose mais forte de Somênal para os pais e um sachê inofensivo marcado com um X para si mesma; o pai toma tudo e morre, enquanto a mãe, que ingere só a metade da poção devido ao gosto amargo, cai e, sangrando de uma ferida na cabeça, é arrastada para a cama pela filha;

à 1h do dia 23 de agosto, Violette retorna ao apartamento onde tinha deixado os pais inconscientes e, após abrir a torneira do gás da cozinha, alerta os vizinhos, que chama os bombeiros e a polícia; a versão de Violette não convence: a quantidade de gás registrada no marcador é insuficiente para asfixiar o casal, além do fato de que não encontram o registro cotidiano das despesas referentes ao dia 22;

ainda no dia 23, o comissário Gueudet leva Violette ao Hospital Saint-Antoine e, prestes a ser confrontada com a mãe saída do coma, foge, numa verdadeira confissão de culpa;

no dia 24, a mãe dá sua versão dos fatos e é expedido o mandado de prisão de Violette, acusada de homicídio voluntário;

no dia 28 de agosto, Violette é detida no 7ème arrondissement, denunciada por um jovem de "boa família", que a reconhece pelas fotos divulgadas pela polícia.

(Era uma época em que as mulheres alcançavam a maioridade aos 21 anos, não podiam votar e tinham pouquíssimas chances de se tornar independentes dos pais. A saída de Pagu, por exemplo, foi forjar um falso casamento para fugir – e depois cair nas malhas de Oswald, seu pretenso salvador.)

Para alimentar seus sonhos, Violette costumava procurar notas e moedas escondidas na pilha das anáguas da mãe, as mesmas que Germaine usava pela casa enquanto preparava o café da manhã da família, as mesmas com que tantas vezes a criança Violette desfilara, aproveitando a ausência da mãe, quando esta saía para fazer compras. Experimentava suas roupas, seus colares, lambuzava os lábios de batom. Ela olhava-se no espelho e perguntava-se quando sua vida começaria de verdade.

(Quando eu tinha 13 anos, e minha mãe já estava morta, quantas vezes, na casa da minha amiga Carla, reviramos o armário da sua mãe, de onde tirávamos vestidos e blusas esvoaçantes como lenços de uma cartola mágica, e desfilamos sobre um pedaço improvisado de madeira, fazendo caras e bocas, terminando a farra com uma grande panela de brigadeiro; quantas vezes fomos surpreendidas por Lia, uma mulher alta, que dirigia muito bem, e que nos repreendia com uma bronca risonha, fechando a porta cuidadosamente para que acabássemos de nos fartar.)

Hoje é dia 21 de agosto, o mesmo dia em que Violette tentou assassinar seus pais. Há exatos 86 anos, Violette desembrulhava os envelopes e colocava seu conteúdo nos copos, tomando cuidado para não confundir o seu, marcado com um X, com os reservados aos que deviam morrer. O assassinato ocorreu no calor do verão, num apartamento sufocante de duas peças. Encontram-se muitos destes em Paris, como sabem aqueles que procuram hospedagem dentro dos seus limites. Apartamentos de teto baixo, ratos à espreita, rodapés sujos, banheiros de outros séculos, mas com aluguel altíssimo.

Lá fora o dia é claro e quente. Desço as escadas do meu *studio* como Violette, como Pagu, o coração saltando como um pássaro. As mesmas escadas estreitas, as mesmas paredes descascadas, a mesma ânsia de viver. Vou ao seu encontro.

(Pagu teria descido assim as escadas do prédio da Lemercier, ou da Godot de Mauroy? O companheiro com quem estava de braços dados na Batignoles era seu amante? Parece pouco provável que Pagu tenha ficado sem um namorado em sua temporada de Paris. No filme *Eternamente Pagu*, de Norma Benguell, uma licença poética a mostra apaixonada e envolvida com um Jean cineasta, talvez numa sugestão de que ela e Renoir teriam sido amantes. Tentação de imaginá-la ao lado de homens talentosos, uma musa inspiradora, fascinante por procuração. Talvez também porque seja difícil imaginar uma mulher apaixonada não por um homem, mas por uma ideia, um projeto, uma cidade.)

Tenho um sobressalto quando leio que a discussão de Violette com o pai, seguida do bilhete que ameaçava suicídio, aconteceu após ela roubar um dicionário numa livraria. A coincidência é impressionante: quando estive em São Petersburgo, algumas semanas antes, para aproveitar as passagens baratas e fugir da canícula francesa, visitei uma livraria que é uma atração turística: a Casa Singer, situada na mítica Av. Niévski, cenário de tantos amados personagens dostoievskianos. Me dirigi a uma caixa – uma dessas ruivas gordas e de cara quadrada em que a maioria das russas se transforma depois dos 40 anos –, e fiz uma pergunta em inglês. É verdade que a maioria dos russos não sabe uma palavra de língua estrangeira, mas achei que meus gestos e buscas no Google podiam merecer mais consideração. Por fim, quando me conformei em levar só os dois cadernos coloridos que tinha em mãos (na capa, letras cirílicas que supus significarem "caderno"), ela me lançou as moedas de troco como se cuspisse palavras de desprezo. Uma moeda rolou para baixo do balcão e não consegui recuperá-la. Foi a gota d'água: disse a ela algumas verdades em português e, em seguida, fui até o subsolo roubar o dicionário russo-francês sobre o qual tinha querido me informar.

Da mesma forma, as coincidências entre Pagu e Violette surpreendem: a prisão, a juventude, o sexo, a sede de liberdade, a transgressão, o mito. Estas anotações de um professor da escola primária de Violette, por exemplo, parecem corresponder à visão que em geral se tinha de Pagu: "Preguiçosa, dissimulada, hipócrita, desavergonhada, um exemplo deplorável para suas colegas." Me dou conta de que, durante o julgamento de Violette Nozière, em outubro de 1934, Pagu estava em Paris, e, portanto, deve ter acompanhado e participado de debates sobre o caso.

(Em breve descobrirei também que ambas estiveram no hospital Bichat, o qual, embora de formas diferentes, fez parte de suas histórias).

Vou ao seu encontro. Não à Rue de Madagascar, número 9, onde Violette morou, onde envenenou seus pais, mas à Violette que incendiou a imaginação dos surrealistas, e que habita as páginas do livro que dedicaram a ela.

Encontro-o na BnF, um dos 200 exemplares numerados em que dezessete autores do surrealismo francês dedicam poemas à parricida. A capa do folheto, publicado em fevereiro-março de 1934, antes, portanto, do julgamento de Violette, mostra uma imagem de Man Ray em que se vê uma letra N destroçada por violetas.

O que sobretudo inflama os surrealistas é a acusação de que o pai abusou de Violette quando esta tinha 12 anos, prosseguindo com o "comércio carnal" por muito tempo. A um amante, ela confidenciara uma vez: "Meu pai às vezes se esquece de que sou sua filha". Na promiscuidade sufocante do apartamento de duas peças, onde Violette entrevia frequentemente as relações sexuais dos pais, ele a chamava de "ma petite fleur", "mon sucre", "ma princesse" (minha florzinha, meu doce, minha princesa). Durante o processo, a filha denuncia, como prova do abuso, um lenço manchado de esperma guardado numa gaveta, o mesmo lenço utilizado quando ele se deitava com a mãe de Violette.

Mas o apoio dos surrealistas deriva também de uma atitude mais ampla de execração da ordem burguesa: antes do caso Nozière eles já haviam defendido Germaine Berton, a militante anarquista que matara o secretário de redação de um jornal, e os irmãos Papin, que massacraram seus patrões arrancando-lhes os olhos. A família de Violette representaria a opressão contra a qual os surrealistas opunham uma reivindicação visceral de liberdade amorosa e social. Acrescente-se que Jean Dabin, o amante a quem Violette dava o dinheiro roubado dos pais, era *camelot du roi*, a encarnação do fascismo tão odiado. O próprio advogado de Violette o apontou como o grande culpado pela perdição da sua cliente.

"Minha querida vilã" – era como Jean a chamava.

Breton escreveu sobre ela: mitológica até a ponta das unhas (*"mythologique jusqu'au bout des ongles"*). Éluard afirma em seu poema que "um dia não haverá mais pais nos jardins da juventude; haverá desconhecidos, os homens para os quais se será sempre nova e a primeira; para os quais se escapa a si mesma e para os quais não se é filha de ninguém." (*Un jour il n'y aura plus de pères dans les jardins de la jeunesse / il y aura des inconnus / tous les inconnus / les hommes pour lesquels on est toujours toute neuve / et la première / les hommes pour lesquels on échappe à soi-même / les hom-*

mes pour lesquels on n'est la fille de personne.) Violette é aquela que desfez o "terrível nó de serpentes dos laços de sangue" (*l'affreux nœud de serpents des liens du sang*).

Benjamin Péret a compara com um lindo nenúfar num copo de carvão; a primeira castanheira em flor, o primeiro sinal de primavera que varrerá o inverno lamacento daqueles que se voltam contra ela, porque eles são os pais que violam, apoiados pelas mães que defendem a sua memória. (*tous s'acharnent sur celle qui est comme le premier marronier en fleurs / le premier signal du printemps qui balaiera leur boueux hiver / parce qu'ils sont les pères / ceux qui violent / à côté des mères / celles qui défendent leur mémoire*)

Violeta, violação: a associação se repete em vários dos poemas. O próprio Breton sugere que o nome escolhido por Baptiste seria um desejo e uma premonição. A acusação que pesa contra o pai, porém, nunca é esclarecida.

(Lembro do batom roxo que era a marca de Pagu. Em francês, roxo é *violet*.)

Não há poema de Crevel na coletânea de surrealistas. Descubro, porém, que o poeta mais de uma vez escreveu sobre a parricida. Em junho de 1934, ele a cita no artigo "*Tandis que la pointolle se vulcanise la bandruche*" ("Enquanto a bomba de ar enche o balão"). O texto termina assim:

> "E Violette Nozière, na sua cela mofada, não deixa desbotar o buquê dos belos fósforos. Uma alta flama negra dança mais alta do que o horizonte e o hábito. Todas as tempestades vão ecoar a voz que uiva em palavras sulfúricas, em palavras sofridas, a condenação de um mundo onde tudo se opunha ao amor." (*Violette Nozières, dans la moisissure de l'ombre qui l'emprisonne, il ne peut se faner le bouquet des beaux phosphores. Une haute flamme noire danse plus haut que l'horizon et l'habitude. Tous les orages vont faire écho à la voix qui hurla en mots de soufre, en mots de souffrance, la condamnation d'un monde où tout était contre l'amour.*)

Pergunto-me se a comoção que Violette causou em Crevel não teria a ver também com a maneira como ela tentou matar os pais. O pai de Crevel se suicidara abrindo as torneiras do gás de cozinha do seu apartamento, e esse fato assombrou a curta vida e a obra do escritor até a sua morte, quando ele mesmo se suicida dessa forma.

Crevel morre em 18 de junho de 1935, asfixiado pelo gás. Humilhado pela mãe quando criança, mergulhado em prazeres mundanos até tornar-se indiferente, idealista dividido entre o sectarismo dos membros do Partido Comunista e a falta de perspectiva do grupo surrealista, doente de tuberculose, ele escolhe se retirar. Afinal, como escreveu uma vez, a morte seria uma porta de saída natural, um apaziguamento ou mesmo uma apoteose.

Entretanto, ele deixa dois bilhetes. Um é dirigido à amiga Tota Cuevas, que tanto lhe dera apoio moral e afetivo, dizendo "Desculpa, mas eu sentia que estava ficando louco" ("*Pardon mais je me sentais devenir fou*"). O segundo, que descreve um pouco mais longamente o estado de espírito de Crevel, terminava com as seguintes palavras: "Favor me incinerar. Nojo" ("*Prière de m'incinérer / dégout*"). Éluard teria recebido um último e curto telefonema, em que Crevel lhe confiava que pela primeira vez na vida tinha impressão de saber o que era coragem. Elise Jouhandeau, que viu seu corpo ainda quente num quarto frio, disse que seu rosto inerte parecia sorrir.

Segundo a minuciosa biografia de François Bouot, nesse mesmo dia Crevel teria telefonado para Michel Petitjean para informar que não iria comparecer a uma conferência, como haviam combinado, por estar muito cansado, e a Georgette Camille, dizendo que estava muito cansado e que "em cinquenta anos ainda falariam dele".

Em nenhum momento da biografia há qualquer menção a uma Patrícia Galvão.

Mas certamente o texto mais importante de Crevel sobre Violette é um tesouro que descubro numa das bibliotecas que fazem parte do conglomerado da BnF.

Pego a linha 7 do metrô para chegar à Biblioteca do Arsenal, onde vou consultar um livro de René Crevel, encomendado por mim um dia antes. Ainda não sei exatamente que tipo de livro é, mas tenho esperança de que possa me dar alguma pista sobre o que Violette significou para o poeta, e, com isso, esclarecer algo sobre o jogo de espelhos que incendeia minha imaginação.

Trata-se de uma edição não comercial de 50 exemplares numerados de *Automne 1933 Rue de Madagascar*, publicado por um "amador desocupado" (*Amateur désœuvré*) em 2003, nos 70 anos de aniversário do Affaire Nozière. Sua publicação está envolta em mistério: uma nota explica que o original desse poema desconhecido de Crevel pertence a um colecionador que autorizou sua reprodução para "o prazer e desejo" de 50 amadores e que pediu para que não citassem seu nome.

É uma edição primorosa, em preto e vermelho, que vem num envelope contendo folhas do tipo cartão, não encadernadas.

Não pretendo aqui analisar o poema, não só porque foge do escopo deste livro, mas porque meu conhecimento do francês me parece ainda insuficiente. Fico curiosa para saber se alguém o fez, mas não encontro na internet nenhuma referência nem ao original, nem à publicação.

Alguns versos, entretanto, me chamam a atenção: "*une adolescente se farde au fer rouge*" ("uma adolescente se maqueia a ferro em brasa"), uma alusão à profissão do pai; "*Alors quel père osera jardiner sa fille*" (em alusão ao nome Violette); a menção repetida ao *chiffon* (o pano sujo do esperma paterno). O verso seguinte me parece de uma síntese extraordinária: "*Nous l'avons nous l'avons enfin le linge sale a ne pas laver en famille*" ("nós temos o pano, finalmente nós temos a roupa suja que não se lava em casa"). O pano de Baptiste é a roupa suja que não é lavada apenas em casa, mas se exibe aos olhos do público, em toda a sua violência incestuosa. Ao mesmo tempo, a sonoridade do verso gera uma ambiguidade entre "nós o temos" (*nous l'avons*) e "nós lavamos" (*nous lavons*). O que provoca uma outra hesitação: o que significaria lavar a roupa suja à vista de todos? A mancha então se revelaria ou seria definitivamente apagada?

Voltando para casa, sentada no metrô, sinto algo se arrastando junto à minha perna direita. Olho para baixo e topo com uma cena aterradora: um mendigo desliza no corredor do vagão, os braços calçados com um par de tênis como se fossem pés. Suas duas pernas estendidas para frente ardem em feridas vivas, de tons entre o rosa e o violeta. Todo seu corpo está coberto de uma sujeira imemorial, fétida. Parece um desses miseráveis saídos de um filme sobre a Revolução Francesa. Não dá para saber se está doente ou bêbado, ou os dois. Ao contrário do que estou acostumada a ver nos vagões do metrô, não se dirige humildemente aos passageiros, não pede nada, não diz nada, apenas se arrasta até a porta do vagão, onde desfalece. É possível que esteja morrendo.

Olho em torno e os passageiros permanecem indiferentes. Alguns mexem no celular, outros olham fixamente para frente, determinados a não ver. Apenas o rapaz da frente, quando cruza seu olhar com o meu, balança várias vezes a cabeça de um lado para o outro. Sinto os olhos úmidos e a língua travada. A única coisa que consigo fazer é procurar algumas moedas para lançá-las no interior de um pé de tênis largado ao lado da sua mão deformada.

—

Qual a natureza da relação entre Pagu e Crevel? Teriam sido amigos? Patrícia teria se apaixonado por ele? Seria verdade que ela recebeu um telefonema no dia do seu suicídio? Não encontrei ainda o texto em que ela afirma isso. E o tom do artigo que tenho parece contradizer a suposta intimidade entre os dois. Um outro texto de Patrícia, publicado no periódico *Fanfulla* em 1950 ("Entre dois poetas distribui, a cronista, presentes de Natal"), está indisponível nos arquivos do jornal pelo menos até 2021.

—

Em 1944, Patrícia Galvão escreveu, sob o pseudônimo de King Shelter, contos policiais para a revista *Detective*, então dirigida por Nelson Rodrigues. Seu primeiro conto, "A esmeralda azul do gato do Tibet" foi saudado com as palavras hiperbólicas do estilo rodriguiano: "A mais sombria e trágica das aventuras. Impossível abandonar a história no meio [...] uma novela inesquecível". Muitas de suas histórias são ambientadas em algum lugar da França, mas há uma que me interessa especialmente: "O dinheiro dos mutilados", que tem como personagens principais um Crevel e uma Violeta.

O cenário revela alguém que conhece bem a geografia da cidade de Paris: um restaurante chinês da Rive Gauche, perto do Panthéon; a residência de Violeta na Rue du Bac (no lugar da Rue de Madagascar, de Violette); um apartamento na Batignoles; o *bas-fond* ao lado do Halles; o bairro operário de Saint-Denis.

Me comove reconhecer muitos lugares que Pagu-King Shelter cita, como se o laço entre nós se apertasse ainda mais.

À medida que leio o conto, tenho impressão de percorrer os mecanismos que formam os sonhos: estão ali vários elementos do caso Nozière, deslocados, modificados ou misturados. Paul Crevel (uma fusão dos nomes dos surrealistas Paul Éluard e René Crevel), "poeta da escola moderna", "pálido, franzino, sentimental", é apaixonado por Violeta Cottot, a qual escreve histórias policiais sob o pseudônimo de Mossidora (como Pagu sob o de King Shelter), novelas "boas demais" que o público não entende. O conto começa com a própria cena do crime do caso Nozière: um cheiro de gás escapa das réstias da porta, e dentro do apartamento os pais de Violeta jazem, inconscientes. Crevel, que no conto a acompanha, constata que o pai está morto, mas a mãe ainda respira. Ambos foram envenenados com doses de Veronal (no lugar de Somênal), mas a mãe bebe menos do que o pai e se salva. Já o detetive Cassira Ducrot parece representar o célebre chefe de polícia Marcel Guillaume, encarregado da investigação do caso Nozière. Um dos personagens se chama Roger Boucher, nome que é grafado também como Boucher, como Léonie. Há ainda um misterioso paninho ensanguentado que faz lembrar o papel central do pano sujo de esperma de Baptiste Nozière.

O motivo do crime é uma valise repleta do dinheiro do Comitê dos Mutilados de Guerra, guardada pelo seu pai, que voltou inválido da Primeira Guerra (o pai de Nozière também era veterano). Quando a mãe retorna do coma, diz saber quem é o assassino, mas diz outro nome, o de um certo Mark, ex-tesoureiro do Comitê. Corro na leitura: estou ansiosa para saber se Violeta é culpada. Depois de uma série de hipóteses, pistas falsas, peripécias e explicações meio confusas, o detetive Ducrot bola um estratagema em que Crevel deveria levar uns papéis de Violeta ao cabaré Carneiro Triste. Nesses papéis, procura e encontra um nome e um endereço: Lukas Barte, conhecido como o "homem das mil caras" – Saint-Denis, terceira parada, quarta casa. Revela-se ao final que Barte é o verdadeiro amor de Violeta (o Jean Dabin de Violette); que se tinha "escravizado a ele"; que alimentava o namoro com Crevel para melhor ocultar suas relações clandestinas; que pelo ambicioso amante Violeta fora capaz de matar os próprios pais. King Shelter modifica, porém, os laços de sangue de Nozière: sua Violeta é adotada. A história torna-se, assim, menos chocante do que seu original.

(Em algumas análises do caso, leio que Violette teria incorrido numa transgressão do não dito: o direito absoluto dos pais sobre as próprias filhas.)

O inspetor Ducrot descobre o crime a partir da leitura de um conto de Violeta para uma revista, a história de um latrocínio semelhante ao que Violeta pusera em prática. Imagino se Pagu, do ano de 1944, me acena com uma possibilidade semelhante: haverá nos seus contos policiais indícios do que acontecera em Paris nove ou dez anos antes? E se a prisão Saint-Lazare, para onde foi conduzida Violeta (enquanto Violette foi à Petite Roquette), fosse a mesma prisão onde Pagu estivera presa? Ou o hospital Lariboisière, onde a mãe de Violeta fora internada (a de Violette, no Saint-Antoine), fosse o hospital que abrigara Pagu?

(Como um ano desaparece de uma vida? Procuro povoá-lo com restos, com ruínas.)

No conto dos mutilados, Violeta confessa o crime e é condenada à morte por forca, mas a pena é comutada para prisão perpétua a pedido da mãe. Na realidade do caso Nozière, Violette é condenada, em 12 de outubro de 1934, à pena de morte por parricídio e envenenamento, sem nenhuma circunstância atenuante, com execução em praça pública. Durante o processo, Germaine havia implorado ao júri, entre lágrimas, piedade para a filha. Violette agradece a mãe por tê-la perdoado e depois grita desesperadamente aos jurados que dissera a verdade, que sua falta de piedade era vergonhosa. Mas a condenação à pena capital era apenas simbólica: na época não se guilhotinavam mais as mulheres. Sua pena é então comutada para prisão perpétua.

Quanto ao personagem Paul Crevel, se mata logo após o veredito.

Um ano depois da publicação do conto de King Shelter, Violette Nozière, que na prisão se tornara católica fervorosa e tivera uma conduta exemplar, seria libertada. Anos antes, em 1937, numa carta dirigida à mãe, havia se retratado das acusações feitas ao pai. Em 1946, se casa com Pierre, um dos filhos de um funcionário (*greffier contable*) da prisão, de quem se tornara assistente e amiga. Beneficiada pelas graças sucessivas de três chefes de estado, Violette troca de nome (para Germaine, o mesmo de sua mãe) e, numa reviravolta espetacular, torna-se a mãe amorosa de cinco filhos, dos quais esconde seu passado. Em 1963, foi inteiramente reabilitada, recuperando todos os seus direitos civis. Durante todo esse período, esteve extremamente próxima da mãe.

(Será que um dia conseguiremos superar a dicotomia santa-puta?)

—

Penso no encontro improvável entre Nelson Rodrigues e Pagu. Em que lugares se viram, que palavras trocaram? Em *A fome de Nelson*, meu primeiro romance, retratei um adolescente apaixonado por Dostoiévski e por Eros Volúsia, filha da poeta Gilka Machado. Agora vejo Nelson maduro, casado há menos de cinco anos com sua colega de redação Elza. Imagino-os na redação da *Detective*, Nelson de suspensórios e voz cavernosa, Pagu de camisa branca, com um lencinho vermelho no pescoço, os olhos brilhantes de ideias. Tinham mais ou menos a mesma idade, e penso que Nelson deve ter ficado fascinado pela mulher bonita e talentosa à sua frente. Me pergunto se escolheram juntos o pseudônimo de King Shelter ("refúgio do rei"). Na época, Nelson escrevia os episódios de *Meu destino é pecar*, publicado em *O Jornal*, também dos Chateaubriands, sob a bandeira de Suzana Flag. Nelson com pseudônimo de mulher, Pagu com pseudônimo de homem.

O curioso é que encontre muitos pontos em comum entre os dois escritores, situados em espectros ideológicos tão diferentes. Ambos odeiam a hipocrisia, ambos amam a liberdade. Seu olhar crítico e mesmo seu estilo se assemelham.

Os seguintes trechos de *Parque industrial*, por exemplo, não poderiam ter sido escritos por Nelson?

"Eu prefiro a corcunda porque ninguém quer. Essa ao menos é limpa!"; "Cai num soco, machucando o aleijão. O rapaz goza as carnes moles, devorando os seios descomunais da prostituta"; "Os dois se fitam enojados" (sobre o mundo da prostituição, no capítulo "Mulher da vida").

"Todas as meninas bonitas estão sendo bolinadas [...] A burguesia procura no Brás carne fresca e nova". [...] "As orquestras sádicas incitam: Dá né-la! Dá né-la!" (sobre o carnaval no Brás).

"Dona Finoca, velhota protetora das artes novas, sofre os galanteios de meia dúzia de principiantes. – Como não hei de ser comunista, se sou moderna?" (uma zombaria dirigida à "esquerda festiva" da época).

"As ostras escorregam pelas gargantas bem tratadas das líderes que querem emancipar a mulher com pinga esquisita e moralidade" (crítica das "emancipadas, as intelectuais e as feministas que a burguesia de São Paulo produz").

Trechos de "conversas da alta", entre os homens: Arnaldo "se desenroscou" da "crioula"; uma "aventurinha" de estupro com uma "virgenzinha em folha"; "quando que a polícia perseguiu filho de político?"; "Os jornais são camaradas"; "não deu dinheiro, deu dentadas".

Trechos de "conversas da alta", entre mulheres: "Minha criada me atrasou"; falas esnobes, cheias de galicismos: "*coiffeur*", "*Ah, Mon Palais de Glace*!".

Aqui e ali, em *Parque industrial*, pipoca o racismo estrutural brasileiro. Nelson remexeria nessa ferida de forma chocante em *Anjo negro*, escrita em 1946, apenas dois anos depois do encontro com Pagu na *Detective*.

No romance proletário, Corina suspeita ter sido abandonada por ser mulata: "Por que nascera mulata? É tão bonita! Quando se pinta, então! O diabo é a cor! Por que essa diferença das outras? O filho era dele também. E se saísse assim, com a sua cor de rosa seca!". No capítulo "Habitação coletiva", cheio de ecos do cortiço de Aluísio Azevedo, vemos "uma preta deformada com o filhinho cinzento" dizendo: "Vou nanar os filhos dos rico e o meu fica aí num sei como". "Só rico que pode ter vergonha porque cada um tem o seu quarto."

O percurso de alguns dos personagens é também rodriguiano. Além da queda de Corina, Matilde é despedida por se recusar a ir ao quarto do chefe. Pepe, apaixonado por Otávia, decai de delator a desempregado e finalmente a cáften. Termina querendo destruir tudo, deflorar todas.

—

A primeira vez de Violette acontece à tarde, num quarto de hotel da Rue Victor Cousin, perto da Sorbonne, um encontro armado por sua amiga Maddy. Ele é brutal, ela não diz nada, não sente nada. Nadica de nada, nem quente nem frio, nem feliz nem triste. Uma ínfima sensação, nenhuma surpresa. Desvirginada como um dever cumprido. Para falar a verdade, ela preferiria tomar o seu sorvete no Palais du Café.

(No capítulo 1 de *Zazie no metrô*, a mãe diz ao tio Gabriel: "não quero que ela seja estuprada pela família inteira." E Zazie: "Da última vez você chegou bem na hora certa.")

À noite, nos meus sonhos, Pagu aparece de costas, vagando pelo metrô de Paris. Um pouco à frente dela, Violette, também de costas, 15 centímetros mais alta (tinha 1,75 m), anda com uma rapidez incomum. De repente para, e, como que para surpreender alguém que a estivera seguindo, se vira de frente. Vejo o rosto de Violette, os lábios borrados de roxo, as mãos retorcidas, os olhos zombeteiros. Em frente a ela, Pagu sustenta o olhar.

—

Como conciliar as várias versões de Violette Nozière? Para os surrealistas, para o próprio inspetor Guillaume, Violette fora violada pelo pai; vítima seja de homens indignos, como o pai e o amante, seja de uma sociedade doente, era merecedora de compreensão e compaixão. Para uns, símbolo de liberdade ou de fragilidade feminina; para uma maioria que comparecia ao julgamento com sede de sangue, era uma pervertida, um monstro de saias, uma parricida sem possibilidade de redenção.

E Pagu? Tomemos apenas um episódio de sua vida, o da sua relação com Tarsila.

Na primeira versão, Pagu é uma traidora inescrupulosa. Mimada pelo casal Tarsila e Oswald, acaba por roubar o marido da amiga. Ainda quando eles eram casados, Pagu se entregara a Oswald, mesmo sem amor, porque "afinidades destrutivas nos ligavam", segundo conta em sua carta-confissão. Ela e o casal planejam um casamento forjado com Waldemar Belisário, um pintor primo de Tarsila, para que possa se libertar da dependência dos pais; após a cerimônia, ele segue para a Europa e ela vai à Bahia ao encontro do educador Anísio Teixeira para seguir a carreira de professora. Quando recebe o telegrama de Oswald, retorna a São Paulo porque na verdade deseja se unir a ele, que havia deixado Tarsila. Depois de lhe opor uma resistência fingida, vão viver juntos.

Na segunda versão, Pagu seria mais fascinada por Tarsila do que por Oswald. Ela se entrega a ele para ocupar o lugar da mulher que tanto admirava, mas se decepciona profundamente: o sexo foi feito "num dia imbecil, muito sem importância, sem o menor prazer ou emoção". Além do mais, havia também um preconceito às avessas, segundo ela mesma confessa na carta a Geraldo Ferraz. Quando retorna da Bahia em resposta ao telegrama de Oswald, não tinha ideia do que a esperava. No hotel, ao ficar sabendo que Oswald deixara Tarsila, deixa-o trancado à chave e sai sem recursos e sem destino pelas ruas. Anda a madrugada toda e volta um trapo. Volta a São Paulo com ele mas só vão viver juntos quando Pagu descobre que está grávida e "já existiam a mãe e a gratidão".

Qual das versões é a verdadeira?

A mesma Patrícia que, queixando-se do Natal que passaria sem o marido e o filho, escreveu que estava "enlouquecendo sem o meu doninho", a mesma que escreveu "eu prefiro a lagriminha de amor de seus olhos e a menininha culpada vai contar tudinho", escreveria mais tarde:

"Oswald não se interessava por mulher, mas por deslumbrar mulheres"; "A impotência, ou pelo menos a inferioridade física, sempre foi o seu flagelo". E acrescentava: "Isso tudo lhe dava, aos meus olhos, uma faceta infantil, que chegava a provocar minha complacência e muitas vezes até a minha ternura".

Quem era então a menina? Quem o menino?

Vou à biblioteca Jacques Doucet em busca de cartas de Benjamin Péret. Imagino que numa delas possa encontrar vestígios da presença de Pagu, quando morou no apartamento do casal. A operação toda é um pouco demorada: depois de pesquisar no site em diversos arquivos, devo enviar por e-mail uma argumentação sobre a relevância da minha pesquisa; uma vez aprovada, recebo uma resposta que me informa da necessidade de autorização dos detentores dos direitos autorais; assim, envio mensagens aos responsáveis pela obra de Péret e de René Char, cujo contato me foi fornecido pelo encarregado da Jacques Doucet. Finalmente, me vejo diante de uma carta de Elsie a Benjamin, datada de 26 de fevereiro de 1942, e protegida por uma folha de papel-manteiga para evitar o desgaste do documento. É uma carta banal, que dá notícias do filho de ambos e trata de assuntos práticos, como o envio para o México de roupas e de cópias dos artigos de Péret sobre macumba. Apenas se insinua uma ponta de ressentimento com relação à nova mulher de Péret, Remedios ("por que ela não me envia lembranças quando você me escreve?").

A próxima etapa da consulta ocorre em outra sala, um espaço reservado a Jacques Doucet no interior da linda biblioteca Saint-Geneviève. Sob o olhar escrutinador de um bibliotecário implacável, abro o dossiê e encontro vários papéis, igualmente encapados com papel-manteiga, da correspondência de Péret para René Char. São cartas escritas em letra miúda, em folhas com o logotipo de cafés (Bouquet de Montmartre, Café de la Frégate), escritas em outubro de 1934 quase sempre sobre um mesmo assunto: a situação financeira dramática de Péret e a expectativa de uma resposta, que nunca chega, sobre a eventual publicação de um manuscrito enviado a editores de Nîmes. Ele teme que o publiquem clandestinamente e pede a intervenção do amigo para obter a resposta.

Em meio às frases angustiadas de Péret, leio com muito custo uma que me chama a atenção: "Imagine você que essa (ilegível) da Elsie vai levar tudo que tem dentro de casa de tal modo que vou me encontrar num hall de estação de trem totalmente vazio, e sem um tostão para pagar o aluguel" (*Imagine-toi que cette... d'Elsie va emporter tout ce qu'il y a dans la maison si bien que je vais me trouver dans un hall de gare absolument vide et sans un sou pour payer le terme*). Olho para o lado, para o homem que me vigia, e tento afastar ligeiramente a folha que embaça a leitura; imediatamente ele dá um salto da cadeira e me repreende, indicando sobre a mesa uma lupa, de que me sirvo sem muito sucesso. A palavra ilegível me parece ser *gens*, ou *gar*. Mas não sei se o trecho se refere à própria Elsie ou a uma amiga sua, que poderia perfeitamente ser Pagu.

Alguns dias mais tarde, tenho um pequeno choque quando, conversando com uma professora francesa, ela aventa a possibilidade de que os garranchos misteriosos formassem a palavra *garce*. Leio no dicionário que, no registro coloquial, *garce* significa mulher devassa, desagradável, meretriz. Eu, que não conhecia a palavra, sinto como se tivessem falado mal de alguém da minha família.

(Apesar disso, não omitirei nada. Não cheguei até aqui para dourar nenhuma pílula.)

Em 08 de janeiro de 1935, chegava finalmente a resposta de Nîmes, que Péret reenvia a Char: devolvem-lhe o manuscrito, que lamentam não poder publicar.

—

No apartamento, à noite, antes de dormir, entrevejo na penumbra, misturado às cortinas que ocultam as luzes da rua, um vulto de mulher. Desde pequena, eu quis capturar o momento exato entre a vigília e o sono, a fímbria quase imperceptível que separa o mundo físico do mundo dos sonhos. Seu corpo permanece imóvel, mas sinto as idas e vindas da sua respiração leve, e me deixo embalar até não pensar em mais nada.

—

Quando eu tinha 14 anos, a palavra feminismo evocava mulheres brutas queimando sutiãs, como bruxas. Algumas usavam botas pesadas e eram chamadas de sapatão. Mas havia as moças que tinham aproveitado para libertar os seios sob vestidos esvoaçantes. Eu usava vestidos indianos e cortava minhas blusas Hering para aprofundar o decote em V.

(Ser liberada era ter o direito de posar nua para uma revista masculina, entre páginas de entrevistas com homens inteligentes que poucos liam.)

No caminho do Jardim de Luxemburgo, noto uma placa da Rue Vauvin que foi coberta por uma outra, onde se lê "Rue Vagin". Como uma *madeleine* de Proust, a placa me leva ao poema que escrevi aos 15 anos para o jornal do grêmio da escola. No texto eu não me conformava que as palavras associadas ao sexo dos homens fossem sempre positivas, enquanto que as femininas eram negativas. Lembro-me de alguns versos: "Coisa boa é do caralho, babaca é gente ruim"; "Revoltada e feminista, instituo novo adjetivo". Terminava assim: "Viva as mulheres, e todas as bucetas do mundo!".

Alguns meses depois fui à praia disposta a fazer topless, moda recente no posto 9 de Ipanema. Meus colegas tentavam desviar os olhos, como se estivesse tudo normal, mas eu sentia meu rosto nu: não era o corpo, mas o rosto que era indecente.

Nos dois episódios, senti uma vergonha imensa.

—

Além de Pierre, conheci em Paris:

um "francês brasileiro", apaixonado por carnaval, que faz aula de forró e que pendurou em cima da própria cama uma bandeira verde-amarela, presente de uma amiga carioca (alto, ciclista, pai de duas filhas, professor de liceu);

um "brasileiro francês", com ambições artísticas (moreno, ex-galã, engenheiro aposentado), que veio morar em Paris em busca de inspiração e certo charme passadista;

um escritor (baixo, pai de uma filha), morador de um apartamento no mesmo prédio de um famoso café, o qual me confidencia que sua mulher, atualmente escritora de sucesso (de cujos livros, quase todos narrados por um irritante "tu", como agora é moda, ele nem mesmo gosta) o trocou por um famoso entrevistador de TV;

um contador que é ao mesmo tempo produtor de pianistas clássicos (baixo, franzino, atencioso, recuperado recentemente de uma doença grave), o qual se encanta com a minha cultura inesperada e deseja "um relacionamento sério".

(Cada um deles lidou com o meu silêncio a seu próprio modo.)

—

As folhas começaram a atapetar as ruas com tons de laranja. Desço a escada em caracol, embrulhada no meu mantô preto elegante, e saio para a tarde fresca.

6

Os pássaros cantam, pessoas trocam sorrisos nas esquinas, as ruas estendem seu tapete de ouro: o outono em Paris é quase uma primavera. Parisienses voltaram das longas férias renascidos, prontos para escrever suas vidas num ano novo em folha. Na minha agenda, que vai de agosto a julho, escrevo o primeiro compromisso do ano: o desfile da lavagem da Madeleine, inspirado na tradicional Lavagem do Bonfim.

A celebração, que acontece em Salvador todo mês de janeiro, tem como origem os preparativos para a festa do Senhor do Bonfim, quando os escravos deviam lavar e ornamentar a igreja. Mais tarde, como os adeptos do candomblé incorporassem a lavagem à cerimônia das Águas de Oxalá, a Arquidiciocese de Salvador impediu o acesso à parte interna da igreja, transferindo-se o ritual para a parte externa. Após um longo cortejo em branco, cor do orixá, vastas baianas despejam água de cheiro nas escadarias e no átrio, com grande participação do povo, que canta e dança ao som de palmas, atabaques e cânticos africanos.

O cortejo de Paris está marcado para o dia 8 de setembro e será seguido de uma grande "festa brasileira" a partir das 15h. Uma amiga que integra o grupo Mulheres da Resistência me chamou para participar com um estandarte em homenagem a Pagu; alguns dias antes, pego com ela o cartaz com uma foto conhecida de Patrícia, a moça de olhar fatal.

Para fabricar o pequeno estandarte, rasgo a lateral de uma caixa e corto um pedaço do grosso papelão no tamanho da foto e outro, mais estreito, para formar o cabo. Satisfeita, guardo a minha participação em cima do armário, à espera do dia do cortejo.

No início de setembro, recebo no *studio* uma amiga que está morando na Alemanha por três meses, também fazendo pesquisa. Conto a ela sobre a lavagem da Madeleine, que acontecerá no mesmo dia do seu retorno a Berlim, marcado para as 17h. Proponho sairmos para um almoço, um passeio e, no retorno ao *studio*, passarmos pela République, onde a concentração às 15h já deve estar animada, para que ela participe pelo menos do seu início.

O restaurante, localizado na região dos Grands Boulevards, está lotado de famílias em busca de cozinha francesa barata. O ambiente é tradicional, de uma beleza palaciana: pé-direito altíssimo, suntuosos espelhos em que se refletem lustres no formato de grandes bolas, paredes ornamentadas (as famosas *boiseries*). Com papilas experientes, percebo que meu prato não é *fait maison*; além de pouco saboroso, algumas partes estão ligeiramente frias. Mas as famílias, e também minha amiga, parecem não se importar, e atacam a comida com barulho e animação.

Depois do almoço, nosso roteiro implica entrar num mundo benjaminiano, o dos textos sobre as Passagens de Paris: vamos em busca das galerias cobertas, que atravessam um quarteirão de uma rua à outra, e que concentravam, no início do século XIX, as grandes obsessões do século, do ponto de vista econômico e cultural, da arquitetura e da mercadoria. Modelo da cidade moderna, microcosmo dentro do microcosmo que era Paris, é nas passagens que melhor floresce o *flâneur*, entre a poeira das ruas e as mercadorias, as vitrines e os espectros produzidos pelo reflexo dos vidros. Aquele que desposa a multidão: ondulante, fugidia, infinita; aquele que está fora de casa e se sente em casa; que vê e está no centro do mundo e ao mesmo tempo permanece oculto a ele. Íamos assim ao coração conceitual da Paris moderna: Grands Boulevards, as grandes avenidas que o urbanista Haussman abriu para evitar as insurreições de um proletariado antes amotinado em bairros e ruas estreitas; e as passagens, onde vagava o observador errante do limiar do capitalismo, no século dos começos que foi o XIX.

(Por ironia, hoje essas mesmas avenidas são tomadas por multidões indóceis e *gilets jaunes* em fúria.)

Vagamos em busca dos vestígios desse mundo, ruínas de ruínas. Há passagens repletas de restaurantes indianos baratos; passagens de comércio quase exclusivamente árabe, como tendas extraviadas em galerias ocidentais; passagens com lojinhas que poderiam estar na rua do Catete. Outras conservaram uma elegância burguesa, e nos perdemos com fervor no labirinto dos livros usados de livrarias magníficas, diante de lojas elegantes de luvas e chapéus, de vitrines encantadoras de estilo *Belle Époque*. Ao sairmos de uma das arcadas, topamos inesperadamente com uma multidão: pessoas vestidas de branco desfilam ao som de atabaques, empunhando enormes faixas e cartazes sob o céu limpo.

É o cortejo da lavagem da Madaleine.

Mergulhamos na multidão que nos acolhe com alegria indiferente. Tudo ali é familiar e ao mesmo tempo estranho: a língua, as roupas, o êxtase. Das calçadas, franceses que adoram o Brasil batem palmas ou sambam desajeitados. Talvez não entendam tudo o que está escrito nas faixas, mas "Lula livre" se escreve quase igual em francês, e "Fora Bolsonaro" é quase uma consequência.

Não consigo me conformar com o meu engano. A passeata não saíra às 15h, mas às 12h, da République; a festa é que seria às 15h. Demos sorte de encontrar o cortejo no caminho. Pena que eu não tinha comigo o estandarte de Pagu, mas de qualquer forma eu não seria a única a carregá-lo.

Na Madeleine, acompanhamos a lavagem das escadarias e os festejos junto ao carro das Mulheres da Resistência. Brasileiras coloridas erguem bem alto os rostos de Carolina de Jesus, de Simone Veil, de Maria da Penha, de Pagu, de Marielle junto aos seus. Os rostos se misturam num só cântico.

(Por que me esqueci do horário do cortejo? Me pergunto se não tenho ciúmes das moças que carregam os cartazes com a foto de Pagu, o *meu* cartaz; que empunham o mito talvez sem conhecer sua história; sem ver as mil e uma mulheres dentro dela, suas contradições, sua complexa e humana beleza.)

—

Penso nas mulheres que, alguns anos antes, Patrícia, sob o manto de Mara Lobo, convocou para povoar o seu *Parque industrial*.

Corina, por exemplo. No início do romance, tem a boca farta de beijos: "O bronze da sua cabeça saturada de alegria está mais bronzeado. As pernas se alçam, com rasgões nas meias, sobre saltos descomunais". Na garçonnière, mal reconhece que é estuprada pelo amante ricaço. A descrição é sintética, implacável: "Uma cabeça inexperiente nos almofadões, sonolenta. As bocas sexuais se chupam. As pernas se provocam". E, logo em seguida: "Choro súbito e toalete. Arrependimento, medo, carícias." Grávida, Corina adora a criancinha que virá: pensa nos seus olhinhos, suas mãozinhas. Mas Arnaldo, o amante rico, que já se mostrara frio na despedida, não aparece mais na garçonnière. Nunca mais as calças impecáveis, tiradas num cuidado escravo.

Com a barriga apontando, Corina é chamada de puta pelas crianças implacáveis de moral burguesa. Madame a demite da fábrica de costura. Segue a sina da mãe, de todas as mulheres: "A chuvinha que cai é maior do que o choro dela. Desbota a chita de grandes bolas. Com sua mãe fora assim mesmo!". Expulsa do emprego por não querer abortar, e rejeitada pelo amante, tem vontade de morrer: "Morrer com o seu filho. Revê o estremecimento agônico da coleguinha que se suicidara no ano passado, estatelada nos paralelepípedos da rua Formosa, depois do voo. O sangue da outra, a cabeça quebrada, os ossos esmagados." E como a suicida, Corina se lança à autodestruição: "A sua roupa chove com a chuva. (...) Um bando álacre se diverte na chuva. (...) Convidam-na por troça. Corina adere, vai junto. Como máquina. Se embebeda, fuma. (...) Se excita. Quer todos os machos de uma vez". No dia seguinte, um "sujeito lustroso" a leva para ser prostituta num bordel no Brás.

Para conseguir o dinheiro do berço do filho, Corina grávida se vende num quarto da casa 12, de d. Catita. Mas o filho que nasce é um pequeno monstro: sem pele, e vivo. Alguém diz: "Esta mulher está podre". Corina tem sífilis, e é presa, enquanto repete, perdida: "Matei o meu filho, matei o meu filho". E depois: "Ninguém sabe que foi por causa do dinheiro".

Nós a vemos na igreja rezando a Santa Maria Madalena. "Para ela só há uma crise: a crise dos sexos que invade todo o bairro operário."

(Lembro-me de Pagu dizendo, em sua carta a Geraldo, "Matei meu filho", mesmo sem intenção, mesmo sofrendo horrivelmente diante do pequeno cadáver. Quando uma mãe nasce, junto nasce a culpa.)

Eleonora faz o percurso inverso. Sua mãe, educada na cozinha de uma casa feudal, sonhara para ela um lar "onde a mulher é uma santa e o marido bisa paixões quarentonas". Eleonora é estuprada pelo futuro esposo numa casinha feia, em um trecho elíptico no fim do qual a vemos abatida, de olhos úmidos, o corpo machucado. Se desespera, mas afinal se torna a madame Alfredo Rocha, passando assim "as portas de ouro da grande burguesia". Ela se deslumbra com os admiradores, o luxo, as joias, enquanto Alfredo lê Marx no apartamento de rico e se deita com a criada Ming, que se entrega em troca de alguns trocados. Xuxuzinho, o cachorro perfumado, lambe gostosamente as unhas tratadas de Eleonora. Encantada com sua riqueza, Matilde, sua antiga e humilde companheira do Brás, finalmente cede aos desejos lésbicos da amiga. Por fim, a nova burguesa se perverte totalmente ("deslumbrada com o *chic*", quer "rebentar o útero de gozo"). Alfredo, repugnado, vai em busca da integridade operária de Otávia.

(Imagino se Alfredo não seria um outro nome para Oswald e suas contradições: rico, abusador, generoso, idealista, opressor, transgressor, e, finalmente, convertido à causa operária.)

As únicas que não repelem Corina são as duas operárias comunistas: Otávia, que lhe oferece abrigo até ela arranjar emprego ou ter a criança, e a imigrante Rosinha Lituana. A voz pequenina da revolucionária faz discursos inflamados e didáticos: companheiros, luta contra a burguesia e seus lacaios armados, não devemos enfraquecer a greve com nossos lamentos, formemos uma frente de ferro, tenhamos confiança na vitória proletária. Palavras que soavam anacrônicas pouco tempo atrás encontram uma atualidade assustadora quando, logo em seguida, vemos a multidão debaixo de tiros, gases venenosos e patas de cavalo, dispersada no atropelo e no sangue. Enquanto Rosinha é presa no colossal presídio da Imigração, Otávia é levada para a colônia de presos políticos de Dois Rios, de onde sai, quase tísica, seis meses depois.

Numa antecipação do que ocorrerá mais tarde com Pagu em Paris, na saída da prisão comunicam a Rosinha que vão expulsá-la do país. É o único país que ela conhece – "Sempre dera o seu trabalho aos ricos do Brasil!" –, mas se consola ao pensar que quem não tem patrimônio não tem pátria: "Que importa! Se em todos os países do mundo capitalista ameaçado há um Brás... [...] Brás do Brasil. Brás de todo o mundo."

Já Otávia volta ao sindicato e à militância, onde encontra Alfredo proletarizado ("deixei duas vacas: a burguesia e Eleonora", diz). A figura sadia de Otávia encarna a companheira pura, forte e consciente que ele sempre quisera ter. E ela se entrega "ao macho que sua natureza elegera. Puramente". Mas essa escolha dura pouco: os camaradas acusam Alfredo de traidor trotskista e Otávia se sacrifica pelo partido, numa cena lamentável em que propõe a expulsão do bem-amado. Pagu mal poderia imaginar que mais tarde seria ela mesma a carregar a cruz do trotskismo.

—

Em *O homem que amava os cachorros*, o escritor cubano Leonardo Padura mostra um Trótski abalado, mas corajoso, renegado e perseguido, em busca de asilo político em algum lugar do mundo de onde pudesse difundir suas ideias. Em 1933, ele partia com a família de seu exílio turco em Prínkipo, a ilha-prisão onde tinha terminado sua autobiografia e escrito a *História da Revolução*, rumo ao asilo que lhe oferecera o governo de Daladier, num dos departamentos do sul da França, sob a condição de não ir a Paris e de se submeter ao controle do Ministério do Interior. Acompanhados por jornalistas, policiais e manifestantes que se opunham à sua permanência em solo francês, Trótski chegou doente à sua nova moradia nos arredores de Saint-Palais, mas logo se voltou para os preparativos para a assembleia inaugural da IV Internacional, em Paris, que deveria se realizar dentro de um mês. O panorama era terrível: receios e dúvidas na Alemanha, dispersão e rivalidades na França e Bélgica, aventureirismo nos Estados Unidos. A esperança era que a autoridade de Trótski pudesse ser um apelo à unidade na luta contra o fascismo, então no auge. Stálin, porém, pretendia apoderar-se do monopólio do antifascismo, como se o sistema soviético fosse a única escolha possível contra Hitler e a barbárie, embora no plano da ação não parecesse muito interessado em opor-se ao inimigo. Diante de um fiasco iminente, Trótski abandona a ideia da fundação da Internacional e anuncia que se tratara apenas de um encontro preliminar. Tinha percebido o quanto sua doutrina de revolução permanente tinha perdido terreno.

Pouco depois, se mudou para os arredores de Barbizon, a duas horas de Paris, onde recebia seus seguidores, agora escassos, e desenvolvia um proselitismo quase individualizado. Lá passeou muitas vezes por uma floresta de carvalhos, leu livros como *A condição humana*, que o próprio Malraux lhe oferecera numa visita (e que Pagu tanto amava), e constatou a abjeção final de Górki, o qual santificava em mais um de seus livros os horrores do stalinismo. Foi também em Barbizon que Trótski recebeu um raio de esperança: os rivais de Stálin estariam dispostos a fazer oposição a ele no XVII Congresso do Partido Bolchevique. Mas Stálin, com suas manipulações e ameaças, triunfa mais uma vez, e logo Trótski terá de se mudar e se eclipsar sucessivamente em Chamonix e em Domène, nas imediações de Grenoble.

O livro de Padura é também a história do assassino de Trótski, um espanhol que usou vários nomes, assim como seu mentor russo. Ramón Mercader, Jacques Mornard, Frank Jakson, Jaime López; Roberts, George Mink, Tom; o homem de várias caras do conto de King Shelter, que era também Mara Lobo, Solange Sohl, Pagu. Nomes vindos de um mundo em que ainda era possível se esconder atrás de um rosto.

—

Ao se entregar ao ideal comunista, Pagu aceitou a palavra do Partido como verdadeira e pura. Quando chegou a Paris, em 1934, Trótski já era um renegado: o próprio *L'Avant-Garde*, do qual Patrícia foi colaboradora, o denunciava como inimigo da União Soviética. No meio artístico, porém, alguns escritores haviam se filiado ao trotskismo. O dossiê de Benjamin Péret nos arquivos de Polícia, por exemplo, informa que ele deixou o PC francês em 1928 para tornar-se militante da IV Internacional, grupo de trotskistas recrutados principalmente entre os dissidentes comunistas.

—

No vagão que me leva a Bobigny, onde ficam os arquivos do PC francês, noto que a parada imediatamente anterior à estação final se chama Raymond Queneau, o autor de *Zazie no metrô*. A presença do nome do escritor não é de estranhar. A *banlieue* de Bobigny é uma comuna de população operária que, em 1920, elegeu uma Câmara comunista, passando a fazer parte do "cinturão vermelho" de Paris. Em março de 1929, Queneau tinha sido secretário de um encontro de surrealistas onde se discutiu Trótski, e em 1930 tornou-se membro do Partido Comunista Francês (PCF), junto com outros surrealistas como Crevel, Breton, Aragon e Éluard. Toda a região de Bobigny é marcada por homenagens ao comunismo: entra-se na Avenue du Président Salvador Allende, vira-se na Karl Marx, segue-se pelo Boulevard Lénine, anda-se pela Rue de l'Internationale. Alguns nomes são de surrealistas: além da Rue Queneau, há uma Rue René Char e outra Louis Aragon.

A relação entre comunistas e surrealistas foi intensa e tumultuosa. Entre 1925 e 1935 os surrealistas franceses, que haviam se aproximado do marxismo, travaram um debate encarniçado com o PCF. O cerne da querela era a irredutível postura de autonomia, defendida ardorosamente por Breton e seus companheiros, diante do que consideravam o espírito tacanho de alguns revolucionários comunistas. Para os surrealistas, os problemas do amor, do sonho, da loucura, da arte e da religião estavam no mesmo campo que o da revolução social. O surgimento de um "novo homem" implicaria necessariamente sua libertação das convenções instituídas pela sociedade burguesa, como as de pátria, família, religião, amor e arte, as quais se deveriam destruir e superar. Para Breton e seus colegas, era impossível lutar por ideias sociais avançadas sem buscar essa superação.

Com o avanço dos Processos de Moscou, nos anos 30, crescem entre os surrealistas as críticas ao partido, a rejeição do totalitarismo estalinista e a defesa de Trótski. O projeto revolucionário radicalmente amplo do surrealismo se via então ameaçado pelo controle incondicional e arbitrário do partido, em nome do oportunismo dos dirigentes e do culto a um líder autoritário. Momentos de dramática tensão resultam no afastamento voluntário e na expulsão de alguns dos principais membros do grupo, como no episódio de exclusão de Aragon, após a publicação do poema "Front rouge", uma apologia ao assassinato político.

O suicídio de René Crevel, em 1935, durante o Congresso dos Escritores para Defesa da Cultura, marcaria o rompimento definitivo com o stalinismo, então predominante na maioria dos partidos comunistas da época. Nesse mesmo ano, *L'Humanité*, porta-voz do PCF, pregava a ilegalidade da presença de trotskistas na França, utilizando a expressão "hitlerotrotskistas a serviço do estrangeiro".

(No final de 2019, cartazes impressos com as palavras "Rêve générale", presença constante na imensa greve contra a reforma nas aposentadorias e o desmonte do estado de bem-estar social, procurarão demonstrar, como um novo maio de 1968, que o sonho e a imaginação, longe de se oporem à luta, fazem parte dela.)

Ao ler sobre o rompimento entre surrealistas e comunistas, detenho-me na intervenção de René Crevel. Breton havia acabado de esbofetear várias vezes o escritor soviético Ilya Ehrenbourg, ao encontrá-lo por acaso na rua. Ehrenbourg, numa entrevista, afirmara que os surrealistas aceitavam muito bem Hegel, Marx e a revolução, porém o que não queriam era trabalhar, pois estavam muito preocupados em devorar uma herança, o dote de alguma mulher, ou ocupados com o sonho, a pederastia, o fetichismo, o exibicionismo e a sodomia. Em represália à agressão de Breton, a delegação soviética exigira a sua exclusão do Congresso dos Escritores para Defesa da Cultura. Crevel empreendeu todos os esforços para que o amigo pudesse ler um discurso, mas, percebendo ser impossível a conciliação e sentindo-se desgastado com a situação entre surrealistas e comunistas que se arrastava por anos, Crevel, também membro do PCF e sempre fiel a Breton, comete suicídio.

(Penso em *Parque industrial*, em sua proposta de literatura engajada. Se os surrealistas não estavam dispostos a sujeitar a arte a nada e o próprio Trótski havia escrito que a arte proletária era uma missão impossível, teria Pagu renegado então seu primeiro romance?)

—

O caminho que leva da estação Bobigny-Pablo Picasso ao prédio dos Arquivos departamentais de la Seine-Saint-Denis é inusitado. A saída do metrô se abre para uma ampla esplanada na qual se ergue de um lado um vasto Centro Comercial e de outro o prédio cor de chumbo da Prefeitura. Margeio o Centro até encontrar um complexo que lembra um condomínio dos inícios da Barra da Tijuca: prédios dos anos setenta ligados por ruas de formato quadrado que se unem em esquinas meio abandonadas. Sigo em frente, atravesso uma passagem por baixo de um viaduto e me detenho diante do que parece o fim do caminho. Nas proximidades, só vejo mato. O mapa no celular insiste, entretanto, que eu vire à direita. De fato, existe ali um caminho de terra, e me assegurando mentalmente de que não havia perigo naquela trilha deserta, onde vejo num canto umas roupas abandonadas e mais adiante uma bicicleta destruída, avanço até um tapume que parece separar nada de lugar nenhum. Eu o contorno e, apenas alguns metros adiante, me espera o grande prédio em aço do Arquivo.

Os arquivos do PCF, transferidos para Bobigny em 2003 e abertos ao público em 2005, representam um volume de um quilômetro linear e cobrem o período de 1921 a 1994 (mais tarde, um e-mail me informará que muitos documentos do PCF se perderam ou se dispersaram). Na recepção, uma mulher me estende o papel onde devo preencher meus dados pessoais e de pesquisa. Ela parece contente de fazer seu trabalho: pelo visto não há muitos pesquisadores por lá. Imagino que as poucas pessoas com quem cruzo são antigos comunistas leais ao próprio passado.

Não acho Patrícia Galvão no que restou dos arquivos do PCF, mas encontro alguns dados interessantes na série de microfilmes que contêm documentos dos anos de 1934 e 1935, em geral relatórios ou material de divulgação, precedidos de títulos ou mesmo de longos textos escritos em russo.

Primeiro, uma constatação: Pagu não foi assalariada do *L'Avant-Garde*. Os vários documentos sobre o jornal – relatórios de vendas, avaliação da sua difusão e influência entre os jovens, manuais sobre como vendê-lo ou mesmo sobre como fazer um artigo – revelam que se tratava de uma publicação que era abastecida por colaboradores voluntários. Um desses documentos propõe convidar publicamente os jovens a colaborar e participar da redação do jornal sob a única condição de que lutem contra o fascismo e apoiem o movimento progressista da Juventude Comunista. Em seguida, recomenda que se convidem escritores e intelectuais como André Malraux "mesmo que seja necessário remunerá-los". Isso explica a condição financeira precária de Pagu, que provavelmente tinha de contar quase exclusivamente com a generosidade de Oswald, Bopp ou Elsie.

Segundo, uma amostra da participação das mulheres nos movimentos comunistas, os quais tinham começado a se interessar pelas operárias e pela questão feminina. Leio com interesse novelesco a história da criação de uma revista feminina intitulada *L'Ouvrière* (*A operária*), conforme fora decidido numa Conferência de mulheres. Em 1929, uma carta se queixava da resistência à publicação da revista, tantas vezes adiada, uma situação qualificada como "extremamente bizarra". Na conclusão da carta, informa-se que no caso de a revista não aparecer a tempo, as signatárias se veriam obrigadas a colocar a questão para o Comitê de ética da Juventude comunista, num "*plan quelque peu différent*" (numa situação um pouco diferente). Finalmente, com vários meses de atraso, em 1º maio de 1930 a revista faz sua primeira aparição, mas tem pouquíssima penetração entre as trabalhadoras. Segue-se uma série de atas de reuniões realizadas ao longo dos anos com a transcrição de falas de redatoras ou editoras da revista: Jeanne Buland, Louise Billat, Marguerite Lelandais (acalento a vã esperança de que Pagu ou Léonie Boucher apareça em algum momento). Uma diretora da revista avalia que o problema não era a falta de meios objetivos, mas principalmente de apoio ideológico da direção do partido. Há queixas, trocas de acusações, justificativas. Um relatório de 1934 levanta alguns dos pontos fracos da publicação e indica propostas de mudança: não desperta interesse nas operárias, que prefeririam conselhos práticos a palavras de ordem; deveria abordar o problema da carestia para a mãe de família; não pode negligenciar a questão do voto feminino e do direito ao aborto. A linguagem propagandística precisa ser evitada (a proposta é "estudar os jornais burgueses" para assimilar sua abordagem). O comitê de redação deve escolher criteriosamente as colaboradoras e encomendar os artigos segundo a sua capacidade. Estes devem ser bem documentados, escritos em bom francês, sem gírias.

No final, propõe-se a reorganização da Seção feminina central, bem como da direção da revista. O responsável pela Seção passa a ser um homem, Louis Cassiot.

Ao ler a epopeia da revista, tenho a impressão de presenciar as dores de um parto.

(Também em vão, procuro Pagu num filme do arquivo que mostra 20 minutos do grande desfile do 14 de julho de 1935, da Bastille até a Porte de Vincennes. Tenho alguma esperança de encontrá-la no oceano de chapéus masculinos, mas só vejo mulheres mais velhas e pesadas e, aqui e ali, algum desconhecido rosto jovem emoldurado por um cabelo liso de corte chanel.)

—

No retorno de Bobigny, uma garota de um grupo barulhento de adolescentes tenta entrar no metrô sem pagar. Ofereço que passe junto comigo, aproveitando a brecha em que as portas se abrem automaticamente. Ela desliza rápido para o outro lado sem agradecer ou olhar para mim.

O grupo compacto entra no mesmo vagão lotado onde encontrei um assento junto à porta. Falam e riem sem parar, numa linguagem particular que mal entendo. Noto então que uma mulher tenta amarrar o tênis da filha e cedo meu lugar. O sorriso que a mãe me dirige me aquece o coração.

—

Em 1950, Patrícia Galvão escreveu no Jornal de Notícias de SP um depoimento sobre o líder socialista Léon Blum, por ocasião de sua morte. Conta que o conheceu "num dia qualquer de 1934", diante da placidez das águas do Sena, e ficou encantada com seu entusiasmo "sincero em sua viva confusão". Havia então uma luta entre duas concepções de vida na França: Blum enfrentava Pierre Laval. Naquela mesma noite, Pagu foi ouvi-lo falar na grandiosa sala Pleyel, onde entrou precedido pelos *faucons rouges* (socialistas mirins), saudado por palmas e a expectativa de palavras "para derrubarem mais bastilhas". Nesse dia, acompanhou o seu vulto majestoso pelas ruas, pelos bosques, pelos subúrbios industriais.

Esse primeiro líder internacional que conheceu a deslumbrou. Era "um homem que sabia o caminho" entre as ambições e a demagogia da esquerda, a complacência de uma ala católica reacionária, os *Croix de Feu* e os *Camelots du Roi*. No seu escrúpulo, honestidade e pureza, Blum compreendia que teria de passar pela derrota, para a qual caminhou "impávido" num mundo marcado pela sordidez crescente. Não era um agitador popular; extremamente racional e lógico, Léon Blum possuía "o dom da palavra insubstituível no momento necessário, e falava". Nos embates da Frente Popular, militantes como Patrícia eram destacados para acompanhar os oradores nos redutos perigosos, no estribo dos automóveis, nos comícios-relâmpagos, numa solidariedade que, segundo Pagu, era a mais bela realização da Frente.

Patrícia afirma que em 1935, quando a Frente Popular "reunia tudo", Blum se tornara um grande traço de união, e menciona os comícios-debate com Doriot. Meus sentidos todos despertam diante do meu ano fugitivo... será que conseguirei enfim capturá-lo? Saio em busca de mais informações só para descobrir que o caso Doriot foi resolvido em 27 de julho de 1934, quando, por acasião do pacto da Frente Popular, o líder político, que na sequência fundaria a organização de direita Partido Popular, foi expulso do PCF por unanimidade.

Vejo Pagu conversando com Blum na redação do *La Populaire*, nos poucos contatos que teve com ele, como conta no artigo. Em resposta a uma observação que ela fizera sobre o fracasso, ele a olha "por cima das grossas lentes" e diz: "A vida é o que caminha. Nada nos impede de voltar a viver e mesmo de tornar a nascer."

Um ano depois, a derrota que Blum sofrera em 1935 para Laval seria revertida. Entre 1936 e 1938, antes da França ser tragada pelo regime colaboracionista de Vichy, o judeu Léon Blum se tornaria duas vezes Primeiro Ministro no governo da Frente Popular, num período marcado por grandes reformas: direito a férias pagas, fixação da jornada de trabalho e a presença de mulheres exercendo funções governamentais, numa época em que nem mesmo podiam votar.

—

Pouco depois de voltar ao Brasil da sua temporada no exterior, em janeiro de 1936, Pagu foi presa em São Paulo pelo mesmo motivo pelo qual foi detida em Paris. As irmãs Galvão foram pegas em flagrante em um prédio no Bosque da Saúde, tentando se comunicar com dois indivíduos suspeitos. Uma revista em sua residência descobriu uma grande quantidade de material de propaganda comunista: livros, fotografias, documentos e até um perigoso mimeógrafo. Presas, Patrícia e Sidéria lideraram uma greve de fome para que fosse atendida uma série de reivindicações: "contra a suspensão do banho de sol diário; mais atenção por parte do médico quando for solicitado; observância às dietas das companheiras doentes; contra o maltrato moral pelos que se valendo da autoridade nos insultam nas grades."

(No prontuário de Pagu no Arquivo Público de São Paulo, encontrarei páginas manuscritas com dificuldade: seria Patrícia tentando agarrar-se às palavras para sobreviver? Ou o esforço de presas que, como sabemos, Pagu se dedicava a alfabetizar?)

Sem ter cometido crime ou se envolvido em nenhuma ação concreta do partido, que mal a reconhecia como pertencente aos seus quadros (além de tudo, era acusada de trotskismo), Pagu foi e voltou da prisão, com pequenos intervalos, até julho de 1940. Em 1937, na calada da noite, fugiu do hospital da Cruz Azul, onde havia sido internada quando estava, nas palavras do pai, "um trapo". Na fuga, não se sabe como, carregou consigo todos os seus livros. Em 1938, foi detida na residência de Hylkar Leite, célula do agrupamento extremista Socorro Vermelho, onde estava armazenado um "verdadeiro arsenal" de livros e panfletos. Pagu chegou a ser absolvida numa sentença inusitada em que o juiz federal Bruno Barbosa propunha sua inocência, mas destacava o "poder de atração de mulheres revolucionárias". A sentença foi revertida pelo delegado de ordem social Venâncio Ayres, sob a alegação do estado de sítio.

Ao que parece, com exceção de seu pai, que, apesar de não concordar com as atividades das filhas, atuava para minorar seu sofrimento durante as prisões, ninguém defendeu Pagu publicamente, nem os colegas jornalistas, nem os políticos poderosos próximos ao ex-marido Oswald de Andrade. Quando enfim se viu livre, com 26 anos e 44 quilos, foi Geraldo Ferraz, destinatário da sua longa carta-confissão, que cuidou dela.

Nove anos depois, em 1949, tentaria o suicídio pela primeira vez.

Quem se suicida não tem um motivo único: as razões são ao mesmo tempo muitas e nenhuma. Para René Crevel, a história de infância, o atavismo de filho de pai suicida, uma suposta decepção com Violette Nozière, o fracasso da conciliação entre arte e política, a solidão, a doença, o alívio do nada. E para Pagu?

(Ou talvez o suicídio seja simplesmente uma incapacidade de imaginar a continuação da própria história.)

—

Outra cena: festa da Frente Popular no Bois de Bologne, comemorando pela primeira vez a união dos partidos democráticos contra o fascismo (provavelmente ocorrida em setembro de 1934, quando houve uma grande manifestação da Frente em memória do assassinato de Jaurès). Os militantes cercam León Blum em busca de uma palavra-chave para os problemas políticos, "como convinha aos futuros líderes que sonhávamos ser", como diz Patrícia no artigo. Mas Blum sorria, e respondeu: "Por que vocês não leem poesia? Por que não amam? Por que não olham os quadros das últimas exposições? Por que não contemplam as flores e o céu limpo, por que não mergulham na vida que reclama tanta coisa de vocês antes da política?".

Curiosamente, Pagu chama essas palavras de "oração aos moços nunca publicada".

—

No primeiro capítulo do panfleto político "Verdade e liberdade", escrito quando Patrícia se candidatava à Assembleia Legislativa de São Paulo pelo Partido Socialista Brasileiro, em 1950, lê-se o seguinte parágrafo:

> *Estava treinada: em 1935, em Paris, pela primeira vez, o processo de intimidação fora lançado através de grandes cartazes com a cara de Stálin e uma legenda apenas: Stálin tem razão.*

Em poucas frases, ela reconta sua história de desilusão ("de degrau em degrau desci a escada das degradações"):

o Partido a obrigou a assinar sem ler um documento o eximindo de toda a responsabilidade sobre o conflito e o sangue derramado no comício, que seria obra exclusiva de Pagu, uma "agitadora individual, sensacionalista e inexperiente";

> o Partido, cansado de "fazer dela gato e sapato", a reduziu a um trapo que partiu um dia para longe, para o Japão e para a China;
>
> na Rússia, o ideal ruiu diante da infância miserável das sarjetas, em contraste com o luxo dos altos burocratas e os turistas do comunismo;
>
> em Paris, ela ainda militou, ainda enfrentou as tropas de choque nas ruas, o que a levou a três meses de hospital;
>
> o embaixador Souza Dantas a salva: consegue excluí-la de um Conselho de Guerra (estrangeira militando na França) e repatriá-la sem condenação, impedindo-a de ser jogada na Alemanha ou Itália, como Olga Benário.

Um ano depois de sua tentativa de suicídio, Pagu concluía o texto com as seguintes palavras:

> "Agora, saio de um túnel. Tenho várias cicatrizes, mas ESTOU VIVA."

—

A ruptura de Pagu com o Partido Comunista vinha se delineando desde a desilusão em Moscou. Em 1939, o Comitê regional a expulsa por ser "conhecida pelas suas atitudes escandalosas de degenerada sexual". Em 1945, lança com Geraldo Ferraz o romance *A famosa revista*, uma pesada crítica ao Partido Comunista e sua burocracia. Escrito a quatro mãos, o romance conta a história de desilusão da funcionária Rosa com seu trabalho na engajada Revista, assim como sua história de amor com Musci. Patrícia e Geraldo escreviam os capítulos alternadamente, depois faziam a revisão juntos e eventualmente os reescreviam; só o último capítulo foi escrito alternando frases de um e outro, num diálogo intenso. Alegoria do PCB em que os principais personagens remetem a seus autores, o livro denuncia as violências, humilhações e abusos da organização, especialmente os de caráter machista: Rosa e Tribli são continuamente assediadas por seus colegas de trabalho; um dos funcionários tem mesmo uma cama no escritório em que se reúne com as funcionárias. Como ocorreu com Pagu em missões do Partido Comunista, Rosa é instada a se prostituir para obter informações importantes para a organização. É também uma crítica ao realismo socialista na arte e na literatura, atestando a filiação de Patrícia às formulações de Trótski e Breton.

No livro, Rosa se demite da Revista após a morte de Tribli, que havia se desvinculado da Revista para fundar a Revistinha, numa provável alusão à dissidência trotskista e aos expurgos stalinistas nos Processos de Moscou.

—

Pagu conta que, para conseguir informações importantes para o Partido, se entregou a Ademar com toda a consciência da sujeira e podridão. Durante todo aquele dia, observando a boca obscena e os óculos imorais do homem, sabia que estava se prostituindo, mas se deixara arrastar estupidamente, até explicitar o negócio: ele deveria antes responder algumas perguntas. Fazia muito frio e, quando Ademar a deixou com o nojo de um freguês de bordel, Pagu tremia dentro dos restos de um roupão. Dias antes havia assinado um documento do Partido sem conhecimento do texto.

—

(Meses mais tarde, no Brasil, ficarei sabendo, por um documento de setembro de 1950 que encontrarei nos arquivos do DEOPS (Departamento Estadual de Ordem Política e Social de São Paulo), que Patrícia, então candidata a deputada pelo PSB, foi detida perto do prédio central da Polícia, no Pátio do Colégio, ao escrever com tinta lavável branca as seguintes palavras: "contra os imperialismos russo e americano". Como estava credenciada pelo partido, não incorreu em contravenção. Liberdade era sua palavra de ordem.)

—

Na inauguração do Jardim Marielle, um platô debruçado sobre a Gare de l'Est, me vejo cercada de mulheres floridas e homens musicais. Me aproximo do local onde um grupo de chorinho reveza com uma francesa que canta Chico Buarque e me sento no chão, ao lado de pessoas que falam brasileiro. Fecho os olhos e as imagino: Marielle, com seu sorriso deslumbrante, de braços dados com Pagu.

7

Desembarco do metrô na Gare de Lyon de manhã bem cedinho e deslizo pelos seus corredores, novos e frescos como uma promessa. De lá pegarei o trem que me levará a Rouen, onde estão armazenados os arquivos do porto de Havre. Tenho esperança de encontrar alguma indicação do que foi a viagem de retorno de Pagu ao Brasil: o seu percurso, se alguém a acompanhava, os percalços da navegação.

A informação que tenho é que Pagu embarcou em 4 de outubro de 1935 no navio Eubée, fez uma escala em Eubée, na Grécia, e desembarcou no dia 23 do mesmo mês no Rio de Janeiro. Quando finalmente encontro os documentos do navio, entretanto, vejo que as escalas foram em La Corogne e Vigo, na Espanha, e Casablanca, no Marrocos. Além disso, a data de desembarque que consta no *rôle d'équipage* é 24 de outubro (imagino que o navio tenha atracado de madrugada).

Mais uma vez, sinto a vertigem do registro autêntico, testemunha e ruína de um passado agora encarnado em matéria. É como se o documento, com seu desgaste, o amarelo das folhas, o cheiro de guardado, me olhasse nos olhos e dissesse, sim, é verdade, isto aconteceu. Os registros não mentem sobre as pessoas que listam de forma indiferente: eles carecem da intenção que faz com que alguém, numa carta ou num testemunho, queira parecer mais nobre do que é, ou procure deformar a imagem de um outro. Mesmos nos diários, há sempre um dirigir-se a alguém, mesmo que seja o próprio autor, que deseja se justificar ou formular uma explicação coerente sobre si mesmo. Um detalhe, porém, chama a atenção: se não mentem, os registros podem se enganar. O acaso, com sua mão brincalhona, confunde então o pesquisador cioso da confiabilidade das listas que carecem de intenção pessoal.

Na segunda coluna do *rôle*, por exemplo, lê-se que o navio chegou ao Havre dia 8 de outubro vindo de Anvers e partiu no dia 4 para La Corogne... Uma distração do funcionário, um carimbo equivocado, e as peças não se encaixam, e todo um castelo pode ruir.

Antes de deixar Rouen, vou visitar a célebre catedral, pintada por Monet entre 1892 e 1894. Por um longo período e várias estações do ano, o pintor traduziu em pontos de luz a mesma igreja, de vários ângulos, a cada vez diferente segundo o clima, a hora e as sombras dos dias. Gostaria de pintar Pagu assim, não apenas com minhas palavras de escritora, mas também com as histórias, as decepções e esperanças que a atravessam, como uma leitora.

—

Dois meses depois, já no Brasil, descobrirei, entre as páginas do prontuário do DEOPS de Patrícia Galvão, um recorte de jornal com um texto de Geraldo Ferraz sobre o retorno de Patrícia. O artigo, intitulado "Pagu andou pelo mundo", menciona o percurso de Santos aos Estados Unidos e à Ásia, para logo constatar que a corajosa mas inconsequente Patrícia estava diferente. Não quis dar entrevista, mas, fumando muito, conversou com o homem que alguns anos depois viria a ser seu marido, a voz crespa de "pensamentos generosos que ela guarda dentro da fronte larga e alta sob a cabeleira agitada". Contou a posse de Pu-Yi, o frio avassalador, a viagem pela Manchúria, a migração dos camponeses chineses esfomeados, o cadaverzinho de uma criança coberto de moscas, o trabalho numa fábrica de porcelanas, a travessia da Rússia pela Transiberiana.

E depois, Paris: "a grande fome da pequena burguesia, jogando as mocinhas, diariamente, no turbilhão gozador da cidade; a grande fome dos *chomeurs* (desempregados), e os invernos gelados acossando tudo". As manifestações de rua, o arranque vigoroso da extrema esquerda.

E então há uma perturbação no texto. Dos tipos trocados e frases fora do lugar – a frase final da primeira coluna continuando na terceira, seguida de uma frase que pende solta –, emerge uma revelação: "Escreveu dois livros e acabou um romance. O romance é *Água*. Os livros são um sobre o Mandchukuo, o outro um livro para crianças." E termina: "Pagu diferente encontrou-se de verdade. E agora vive pertinho da vida, com toda a sua paixão de mulher voltada para as auroras previstas".

Levarei um choque: como eu, Pagu escreveu um romance em Paris. Um livro chamado *Água*, além de um outro de viagem e um infantil.

—

Li em algum lugar que toda literatura poderia ser agrupada em dois temas fundamentais: guerras e viagens. A Ilíada e a Odisseia seriam os ancestrais dessas duas linhas. Já para Benjamin, o reino narrativo é marcado pela interpenetração de dois tipos arcaicos de narrador: o marinheiro comerciante (pois "quem viaja tem muito o que contar") e o camponês sedentário: aquele que tem conhecimento prático, o que sabe dar conselhos. Aconselhar, aqui, é "menos responder a uma pergunta que fazer uma sugestão sobre a continuação de uma história que está sendo narrada". Apesar de este ser essencialmente um livro de viagem, é o segundo tipo de narrador que apaixonadamente persigo.

—

Que águas navegará o romance de Pagu? Por que águas se perdeu?

Terei me enganado, quando escrevi, lá atrás neste livro, que "Patrícia não confiava em seus dotes literários e não esperava nenhuma glória"?

—

Ao descobrir que Patrícia escreveu um romance em Paris, lembrarei do caderninho, escrito por ela na prisão, intitulado *Microcosmo: Pagu e o homem subterrâneo-1939*. O caderno contém textos poéticos e numerados que seriam a segunda parte de um romance enterrado por ela em um terreno de São Paulo, para evitar a apreensão do texto pela polícia. Esses manuscritos nunca foram recuperados: sobre eles construiu-se um edifício.

Água embaixo de terra.

—

Pagu dostoievskiana: é o que revela a referência ao homem do subterrâneo, um dos personagens mais impactantes do gigante russo. A epígrafe de *Microcosmo* é de Hegel: "Só um homem me compreende, e esse mesmo não me compreende". Muitos anos mais tarde, a epígrafe do livro *Cela 3*, do filho Rudá, preso injustamente em Paris por porte de cocaína, será de André Malraux, grande admiração de Pagu: "Julgar é, ao que tudo indica, não compreender, porque se compreendêssemos não poderíamos mais julgar".

De novo me surpreenderá a coincidência: Patrícia Galvão e Nelson Rodrigues, leitores de Dostoiévski.

—

No encalço de Pagu e das minhas admirações literárias, ainda no final do verão, antes de ir aos arquivos de Bobigny e de Rouen, eu tinha ido conhecer a Rússia. Do metrô de Paris ao de Moscou, o deslumbramento. Palácio do povo, quis Stálin, e assim se fez. Lustres esplendorosos, corredores de mármore branco, rosa e negro, de veios finos, acolhem o fluxo de passageiros que corre das grandes escadas rolantes. No pé de cada uma delas, um vigia. Na estação Revolução Russa, uma grande águia vela a multidão; nos tetos de outras, foices e martelos são testemunhas dos novos trabalhadores que, a curtos intervalos, sobem nos trens infalíveis.

Por pouco Pagu não conheceu esses grandes salões do império comunista. O Palácio Subterrâneo foi inaugurado com a abertura da linha 1 em 1935, apenas um ano depois da sua temporada russa. Atualmente, é o maior do mundo por densidade de passageiros, embora, com 12 linhas cobrindo 346 quilômetros, seja menos extenso do que o metrô de Paris.

Eu passara os dias anteriores à viagem alimentando com carinho antigos sonhos russos: percorrer o caminho torturado de Raskolnikov, vagar à beira do Nievá como Dostoiévski, sentir o peso grandioso do Kremlin, atravessar a vastidão da Praça Vermelha e, mais recentemente, visitar o túmulo de Lênin, que tanto comoveu Pagu em sua curta temporada de Moscou. A distância não era longa, as passagens estavam baratas, o tempo ainda quente. Eu mal falava uma palavra de russo e me lembrava pouco do alfabeto cirílico que tinha aprendido na época da faculdade, mas não tinha medo. Fosse por minha ascendência meio russa, fosse por minhas paixões literárias, eu pressentia que me sentiria em casa.

A fila para ver o túmulo de Lênin era gigantesca. Para me distrair da espera, puxei conversa com um jovem holandês muito alto que, como eu, estava impressionado com Moscou. Que cidade grandiosa, que prédios suntuosos, e tão limpa que daria para lamber as calçadas. Difícil mesmo era desvendar o que estava escrito nos lugares, dizia o holandês, mas agora havia um aplicativo que decodificava o alfabeto russo. Pena também que o acesso à Praça Vermelha estivesse vedado: um festival internacional de dança estava previsto para o fim de semana e a equipe de segurança era implacável. Se bem que nem eu nem ele tínhamos certeza se poderíamos em algum momento entrar em alguma parte da praça: os guardas pouco entendiam e muito menos falavam inglês. Vivem num mundo russo, de língua russa, de gestos russos.

O mausoléu é uma câmara coberta por cinco placas de mármore e granito justapostas em formato piramidal, na qual se entra por escadas que descem a um mundo congelado. Levei um choque ao ver o corpo embalsamado de Lênin, muito branco e muito baixo, no centro do quadrado: era como se a qualquer momento ele fosse se erguer, ajeitar os óculos redondos e repreender os turistas pela futilidade do nosso século. No exterior do mausoléu, soldados do batalhão presidencial ostentavam uma solenidade de outras eras.

Inaugurado em 1930, foi este mesmo túmulo que Pagu visitou, o túmulo diante do qual entrou em êxtase e chorou. Quis parar por alguns segundos diante deste Lênin de cera, mas os guardas nos apressaram, impacientes; tínhamos que circular, como manifestantes dispersados pela polícia.

(Não vi miséria nas ruas. Não na Praça Vermelha, ou nos seus arredores, junto ao antigo armazém e hoje imenso e luxuoso complexo de compras GUM. Muito menos no impressionante Kremlin coalhado de turistas, ou na rua elegante e descolada onde se instalava alegremente o meu pequeno hotel. A menininha que estendeu a mão para Pagu, em 1934, talvez vague hoje nas periferias, no caminho devastado que percorri de táxi, no trajeto do aeroporto para o centro de Moscou.)

No Boulevard Gogol, uma garota bonita distribuía panfletos de propaganda. Recusei delicadamente, não sabia a língua. Normalmente eu não era vista como turista: mais de uma vez, nas ruas e nas lojas, se dirigiram a mim em russo. Conversamos um pouco em inglês e quando ela descobriu que eu era brasileira, ficou encantada: seu sonho era conhecer o Rio de Janeiro, uma cidade tão bonita, tão alegre! Respondi que Moscou era incrível e ela pareceu incrédula: você acha mesmo? Nunca saíra da Rússia, mas queria muito conhecer outros lugares. Contei da minha ascendência russa (na verdade, ucraniana), falamos dos nossos escritores russos preferidos e no final ela disse que eu era muito linda. Como sou bem mais velha e menos bonita, ri, espantada: linda é você! Parecemos duas meninas que, numa discussão, não trocam insultos, mas elogios. E nos despedimos, eu caminhando em direção ao metrô, ela distribuindo panfletos com sonhos no rosto.

Como lembrança de Moscou, levei uma matriochka adaptada: no lugar de bonecas russas que saem umas de dentro das outras, políticos vão parindo outros políticos. A caixa mais externa é a de Lênin, de onde sai um bigodudo Stálin. Em seguida, vêm Nikita Kruschev, Bóris Yeltsin e um pequenino Vladimir Putin. Quis também levar uma camiseta, mas quase todas tinham a estampa de Putin, em variadas poses de simpatia ou triunfo.

Enquanto Moscou tem uma grandiosidade ostensiva e opaca aos nossos olhos ocidentais, São Petersburgo parece mais familiar. Seus canais, sua arquitetura, suas grandes avenidas, nada pareceria deslocado em Paris. Mas é lá que as coisas começam a degringolar.

O nome do hotel Happy Pushkin, eu logo descobriria, era uma ironia involuntária. Textos de divulgação garantiam que o próprio poeta morara algum tempo naquele prédio de frente para o rio Nievá, e isto parecia inflar o orgulho de quem trabalha no hotel. Na recepção, um jovem muito pálido que tinha cara de Raskolnikov se dirigiu a mim num inglês ininteligível com o desprezo de quem se julga um futuro Napoleão. À noite, o quarto com uma cama de solteiro coberta por uma colcha ricamente decorada, mas empoeirada de séculos, me trouxe novos aborrecimentos.

De que adianta ser uma linda mulher na flor da idade se tenho de passar as noites matando moscas? Liguei para a recepção e, com a voz trêmula de fonemas ingleses, tentei me fazer entender: a tal tomada que afastaria os insetos não servia de nada, e o revoar irritante de miniaturas de Fórmula 1 me impedia o sono. A recepção lamentava, mas iam ver o que podiam fazer. Finalmente, à uma da manhã, em vez de me sentar com um arquiduque e me divertir com o jogo da mosca – aquele mesmo arquiduque que a incrível Orlando de Virginia Woolf venceu com uma engenhosa trapaça feminina –, me deparei com uma cena bizarra: o gerente do hotel, um jovem gordinho e prestativo, andando em cima da cama e brandindo minhas havaianas em direção ao teto e às paredes do quarto.

Muitas moscas mortas depois, foi instalado um ventilador ao lado da minha cama e consegui dormir. No dia seguinte, me transferiram para um quarto mais distante do rio Nievá e com tela de proteção. No lustre, porém, uma lâmpada gasta piscava e zumbia de forma irritante.

Fui ao Palácio de Inverno, prédio mais importante do complexo do museu Hermitage, cuja invasão pelos bolcheviques em 1917 foi o marco inicial da Revolução Russa; à mítica e movimentada Avenida Niévski, onde fica a imponente livraria na qual roubei como vingança o tal dicionário; me emocionei com a arquitetura ortodoxa russa, na Catedral do Sangue Derramado; passeei infinitamente pelos canais tentando ignorar o persistente incômodo de um terçol e no meu último dia me lancei ao percurso Raskolnikov, aquele que o personagem de Dostoiévski fez até a residência da velha usurária que deveria matar.

Não tive dificuldades em seguir o roteiro, acessível pela internet do meu celular. Parei com um grupo de turistas em frente à placa que indica o apartamento onde Raskolnikov teria remoído seus sonhos de grandeza. De forma semelhante a Paris, a geografia russa é também uma geografia literária: passeamos por Púshkin, Gogol, Górki, Dostoiévski, Tolstói; nomes de escritores batizam praças, parques, estações de metrô. Mas a essa homenagem se sobrepõe uma outra, uma homenagem ao mundo criado por eles e que pode ser tão ou mais real que o primeiro. É o cavaleiro de bronze do poema de Púshkin que se ergue em triunfo em frente ao Nievá, a traiçoeira Avenida Niévski de Gogol, onde desfilou o nariz que se separou de seu dono, ou as ruas e canais por onde vagou Raskolnikov, em seus delírios.

Com emoção, refiz seus passos até chegar ao prédio da usurária. O portão estava entreaberto e entrei no famoso pátio que o estudante febril percorreu com sua machadinha. Depois de tirar algumas fotos, fiquei ali, de mãos vazias, esperando que em algum momento alguém abrisse a porta de acesso a uma das escadas que leva aos apartamentos opressivos que dão para o canal. Mas não apareceu ninguém.

—

(Quando encontrarei não o homem, mas a mulher subterrânea?)

—

Recebo uma mensagem de Pierre: está em Paris depois de outra temporada amazônica, e quer me ver. Há semanas vem me mandando fotos esparsas de suas andanças, que deixo sempre sem resposta. Sou obrigada a dizer que não quero vê-lo e a explicar brevemente minhas razões. Ele se justifica: estava estressado no chalé, aquilo não se repetiria. Pierre está perplexo ("Então você se recusa a me ver?"). Não consegue entender que de nada adiantaria conversarmos, que a conversa de nossos corpos havia terminado.

—

Aproveito um segundo período de férias, as de Toussaint, para conhecer outras cidades relativamente próximas:

> em Praga, fui ao castelo de Kafka, percorri as margens do rio Vltava, alaranjadas pelo outono, contemplei a praça da cidade velha com seu fabuloso relógio astronômico, comprei uma nova echarpe, mais bonita do que a que perdi nas ruas de Paris, andei por ruas e cemitérios judaicos, procurei meu sobrenome nas paredes de uma sinagoga;
>
> em Amsterdam, palmilhei os belos canais em meio à turba de bicicletas, primeiro me desviando delas, depois em cima de uma; à noite, vi mulheres em vitrines sob luzes sanguíneas, moças que nas primeiras horas teclavam num celular sob olhares indiferentes de jovens e de famílias, e que mais tarde começaram a sorrir de forma humilhante e a me causar pena;

em Berlim, fiquei na casa da mesma amiga que viera me visitar em Paris algumas semanas antes, e a cada manhã, já digeridas as salsichas e as cervejas da noite anterior, perguntei, o que vamos fazer hoje, Muro ou Holocausto?

—

De volta a Paris, retomo minhas pesquisas. O hospital de Kremlin-Bicêtre abriga os arquivos da população de todos os hospitais da região parisiense, registrada a partir de 1701. É uma construção enorme e antiga, com vários prédios internos, uns mais modernos que outros, ligados por ruas cercadas de jardins e repletas de placas de orientação. Construído no século XVII sobre as ruínas de um castelo para cuidar de soldados e oficiais feridos, tornou-se sucessivamente uma casa de acolhimento, uma prisão e por fim um hospício, até voltar, na segunda metade do século XX, à condição de hospital.

Como costuma acontecer, me perco ao tomar uma rua que desce à esquerda e desemboca num hall amplo e moderno no qual se misturam médicos, pacientes e visitantes. Retorno pelo mesmo caminho e encontro o simpático prédio anexo em que estão guardados os arquivos, uma construção baixa com um conjunto de salas que poderia pertencer a uma escola ou a um serviço qualquer de administração pública.

Como não sei onde Pagu ficou internada (segundo as informações conhecidas, ela foi ferida e passou três meses em hospital), começo a pesquisa pelos hospitais mais próximos de Batignoles e do 18ème arrondissement. O arquivista que me atende é solícito mas um pouco incrédulo: afinal, são muitos hospitais, e não tenho dados suficientes para a pesquisa.

Os primeiros *repertoires* (registros gerais de entrada) que encomendo são do hospital Bichat-Claude-Bernard, para os anos de 1934 e 1935. A lista é organizada em ordem alfabética e segundo a data de entrada no hospital; informações mais minuciosas poderão ser acessadas posteriormente, nos registros. Ao lado das linhas, flutuam misteriosas letras D em vermelho e S em azul.

No final da letra G do livro de 1934, a surpresa emocionante: lá está Patrícia, com o seu número de registro, o penúltimo nome da lista.

Espero o livro dos registros com ansiedade; como levaria ainda um tempinho, vou até o refeitório e como uma salada de almoço, sentada ao lado de médicos apressados. Quando volto à sala, o pesado volume está à minha espera.

Fico sabendo então que Patrícia (no livro, está grafado "Patrica") chegou em caráter de urgência ao hospital Bichat no dia 31 de dezembro de 1934 e foi submetida a uma cirurgia no dia 11 de janeiro de 1935. Sua data de nascimento está corretamente registrada como 9 de junho de 1910.

A página ao lado do largo volume fornece outras informações.

Primeiro: na época da sua internação, Patrícia morava na Rue du Docteur Heulin, 8, no 17ème arrondissement. Segundo: o motivo da cirurgia que sofreu foi "metrorragia". Ao final aparece o mesmo nome que já havia aparecido no *repertoire*: Vésinet. Logo descubro que Vésinet é um hospital construído durante o Segundo Império e inaugurado em 1859 para servir de asilo a operários convalescentes. Situado no departamento de Yvelines, foi utilizado desde então para a recuperação e reabilitação de pacientes internados por longos períodos.

Metrorragia (do grego antigo, mētra, útero, + -rrhagia, fluxo excessivo): sangramento uterino excessivo fora do período menstrual.

Imagino que Patrícia tenha ficado internada em Vésinet por três meses, o que soa coerente com a informação que conhecemos. O que não parece coerente é que sua hospitalização tenha sido resultado da repressão policial. Não consta que tenha havido grandes manifestações no fim de 1934; também o seu estado não parece consequência de um espancamento. Seria mais plausível que fosse o resultado de um mioma, ou de um aborto.

(Um choque súbito: o nome do sintoma de Pagu contém o radical "metro". Uma nova camada, inesperada, cobre o título deste livro.)

Voltei ainda algumas vezes ao arquivo dos hospitais de Paris, em busca de alguma outra internação de Pagu, talvez em consequência da violência policial em manifestações de 1934 ou 1935. Mas não achei mais seu nome, nem o de Léonie Boucher.

Encontrei:

alguns Bouchet e Bouché, Jeanne e Louis Boucher;
na letra G, muitos Girard e Giraud, alguns Godard;
muitas Jacquelines e Jeannes, poucas Léonie, nenhuma Patrícia;
algumas Desirées, nome que me faz sonhar;
uma Adrienne, o nome mais próximo do meu que achei.

(É neste momento que descubro o significado das letras misteriosas: D, *décedée*, falecida, e S, *survécue*, sobrevivente. Uma avalanche de mortas parece então tombar em cima de mim.)

Sinto um carinho inexplicável pela atendente de Kremlin-Bicêtre, uma mulher baixinha e grisalha que leva muito a sério o seu trabalho. Ela corre da recepção à salinha para onde descem os grandes volumes falando baixinho "Mme Armony, Mme Armony". Depois me estende os grandes livros empoeirados e se senta novamente diante do computador, à espera.

No dia do minuto de silêncio em homenagem a Jacques Chirac, que havia morrido na véspera, ela permaneceu de pé, muito concentrada. Olhando-a assim de perfil, vejo uma lágrima se formando no seu olho esquerdo. Mas pode ser também que fosse um cisco.

—

A quase ausência de informações sobre a temporada de Pagu em Paris poderia ser explicada pelo que acabo de descobrir? A carta-confissão de Pagu teria se interrompido abruptamente para não contar o que realmente aconteceu? Ou Pagu revelou toda a sua história a Geraldo, amor de toda a vida que viria, e foi ele que suprimiu a parte final da carta?

Paris, cidade bem-amada... quartos escuros de prédios amarelo-sol... trabalho revolucionário... sou Violette Nozière... o lindo rosto de Crével... tenho fome e sede... o bas-fond de Paris... rio, sou mal-comportada... escrevo e durmo em francês... o rosto digno de Léon Blum, as mãos macias de André Malraux... a voz de veludo de Elsie... a vanguarda do mundo... morte ao fascismo... não a Stálin... expulsa da França, uma pária... conheço um homem, um revolucionário... Paris brilha na noite imensa... romance da água... a vida morreu porque a morte se apaixonou pela vida... o ano vai morrer, tudo vai morrer. Que venha o sangue.

Sonho com Pagu na mesma noite em que descubro sobre a metrorragia. Estamos ao pé de uma Sacré-Cœur inverossimilmente vazia. Ela me olha com olhos tristes e começa a subir as escadas muito lentamente. Noto que manca, e seu quadril parece deslocado. Quando está quase alcançando o último degrau, um pedaço de osso se desprende e rola pelas escadas. Tento alcançá-lo, mas antes disso acordo.

—

Estamos no final do outono e chove interminavelmente. Do Brasil, me chegam notícias aterradoras: a floresta amazônica queima, uma imensa mancha de óleo se espalha pelas praias, uma criança de oito anos morre atingida pela bala de um policial, nove pessoas morrem pisoteadas num baile funk em Paraisópolis após uma ação da PM, a censura avança, as palavras se tornam vãs.

E então começa o inverno da greve.

8

Buzinas e sirenes atravessam a cidade. As ruas foram invadidas por seres vindos dos subterrâneos, aos borbotões, na forma de carros, bicicletas, patinetes elétricos e pedestres de gorro. Os parisienses andam pelas calçadas determinados, prontos para o grito; quando o sinal fecha, lançam-se na rua como flechas. Nos pontos dos raros ônibus que circulam, a greve contra a reforma das aposentadorias se abate sobre as conversas, entre a solidariedade e a exasperação.

Ir da Rive Droite à Rive Gauche é uma epopeia. Corro o risco de ser esmagada, guilhotinada entre as portas dos poucos trens de metrô que circulam, em geral somente entre as horas de pico. Ir a pé é uma opção para distâncias curtas: da casa ao balé, do balé ao Centro Pompidou, uma espiada nas vitrines do BHV onde uma coruja natalina abre e fecha suas asas, a vista do Hotel de Ville e da Notre-Dame mutilada sobre o Sena.

Os franceses, porém, parecem estar no seu elemento. A maioria da população apoia os protestos. Há uma ponta de orgulho nas apostas sobre a duração da paralisação e sobre quem e quanto cederá. Um motorista de táxi me garante que todo ano tem greve, apenas esta é mais longa. E, em certo sentido, mais justa.

—

A primeira grande manifestação, no dia 5 de dezembro, passa em frente ao meu prédio. A passeata sai da Gare du Nord e vai até a République pelo Boulevard de Magenta. Quando ouço a massa sonora aumentar, desço para o cortejo. Com os dedos meio congelados, registro com a câmera do celular:

trabalhadores empunhando palavras de ordem dos sindicatos;

grupos de adolescentes com largas faixas dos liceus;
famílias com bebês amarrados no colo;
idosos conversando e sorrindo;
mulheres com écharpes gloriosas;
indignação e fúria;
inúmeros cartazes em que se lê "Rêve général" (sonho geral), no lugar de "Grève générale".

(A alegria é a prova dos nove.)

(Imagino se as manifestações de que Pagu participou tinham um clima parecido. Nas cenas de um filme jornalístico que encontro em um arquivo, a grande manifestação de 1935 parece pacífica e cheia de esperança. Vários documentos, entretanto, mostram uma realidade mais violenta, de vidros depredados e muitas pessoas detidas.)

Alguns minutos depois, ouço a primeira bomba. A multidão treme ligeiramente, mas logo se apruma e prossegue. A confusão vem da République, como comprova a nuvem de fumaça que vem de lá. As pessoas voltam a conversar, indiferentes e dignas. Mais dois estrondos e entro de volta no prédio. No interior da pesada porta, o aviso parece agora pertinente: que nos assegurássemos de não deixá-la aberta, para evitar que manifestantes se abrigassem no interior do edifício.

Nos dias seguintes às manifestações, o cenário pela manhã é quase apocalíptico. Os anúncios publicitários tiveram seu invólucro de vidro quebrado e só restam os cartazes da greve sobre as molduras que sobreviveram. Cacos de garrafas e panfletos transbordam nas calçadas, o risco das palavras invade o espaço público: "Não queremos que o governo recue, mas que desapareça."

—

Adriana tinha adormecido no sofá-cama. Algo a despertou. Estendeu a mão para o celular, olhou as horas. Não era o frio (o aquecedor tinha sido consertado uma semana antes), nem a luminosidade (amanhecia tarde no inverno). Por fim entendeu que alguém estava batendo na porta, bem discretamente.

Apagou a luz na mesma hora e não se mexeu. Não poderia ser Pierre, que estava viajando pela Amazônia. Também não era a polícia, pois o sol ainda não tinha nascido. E a hipótese de um ladrão não fazia muito sentido: por que atacariam os fundos de um prédio quando nos apartamentos das escadas A e B certamente teriam muito mais para roubar?

Houve um silêncio, depois começaram a girar a maçaneta. Como não deu em nada, se puseram a forçar a fechadura, por um certo tempo. O cara é meio inexperiente, pensou Adriana. E então a porta se abriu.

O sujeito não entrou logo. Adriana respirava de maneira tão fraca e astuta que o outro não conseguia ouvir.

Por fim ele deu um passo e tateou em busca do interruptor. Fez-se luz no vestíbulo.

Adriana reconheceu imediatamente a silhueta que se aproximava da porta do *studio*: era o funcionário que viera consertar o aquecedor a gás, que nos últimos tempos, além das explosões habituais, vinha exalando um cheiro de fósforo queimado. Mas assim que ele acendeu a luz principal do *studio*, Adriana pensou que tinha se enganado, pois o personagem ali presente não usava barba nem carregava a maleta de ferramentas.

O homem segurava os sapatos nas mãos e sorria.

– Estou assustando a senhora, não?

– Nadica – respondeu Adriana gentilmente.

E enquanto, sentado silenciosamente na cadeira, ele se punha a calçar os sapatos enormes, ela constatou que não havia se enganado na primeira identificação. Era mesmo o jovem funcionário dos aquecedores.

Já calçado, ele olhou de novo para Adriana, sorrindo.

– Desta vez, bem que eu aceitaria um copo de tinto.

– Por que "desta vez"? – perguntou Adriana, enrolando as últimas palavras da sua pergunta entre aspas.

– Não me reconhece?

Adriana hesitou, depois fez que sim (gesto).

– A senhora deve estar se perguntando o que eu vim fazer aqui numa hora dessas.

– O senhor é um fino psicólogo, seu Yásser.

– Seu Yásser? Por que isso, "seu Yásser"? – perguntou o sujeito, intrigado, enfeitando "seu Yásser" com várias aspas.

– Porque era assim que o senhor se chamava na semana passada – respondeu Adriana gentilmente.

– Ah, é? Tinha esquecido – respondeu o homem, com ar desenvolto.

(silêncio)

– E então? Não vai me perguntar o que vim fazer aqui a uma hora dessas?

– Não vou perguntar não.

– Que pena, porque eu iria responder que vim aqui aceitar um copo de tinto.

Adriana se dirigiu silenciosamente a si mesma: ele quer que eu diga que este é um pretexto idiota, mas não lhe darei este prazer, não.

O sujeito olhou em torno.

– Tá lá? (gesto)

Ele aponta para a geladeira.

Como Adriana não responde, ele vai até lá, abre a porta de aço escovado que fica bem embaixo do aquecedor, pega uma garrafa pela metade e volta para abrir o armário, de onde retira duas taças.

– Aceitaria uma tacinha?

– Ah, não, obrigada, eu não conseguiria dormir – responde Adriana gentilmente.

O homem não insiste, só bebe.

– É realmente nojento – ele comenta casualmente.

Já Adriana não faz nenhum comentário.

– Ele ainda não voltou? – pergunta o sujeito, só para dizer alguma coisa.

– O senhor está vendo. Se tivesse chegado, o senhor estaria lá embaixo.

– Violette – devaneia o homem (um tempo). – É engraçado (um tempo). Realmente engraçado.

Ele termina o copo.

– Eca.

De novo o silêncio flutua.

Por fim o sujeito se decide.

– Pois bem, tenho algumas perguntas a lhe fazer.

– Faça – diz Adriana gentilmente –, mas não vou responder.

– É absolutamente necessário – diz o tipo. – Sou o inspetor Guillaume.

Isso faz Adriana rir.

– Aqui está minha carteira – diz o homem, ofendido.

E, de longe, ele a mostra para Adriana.

– É falsa – disse Adriana. – Tá na cara. E Guillaume, Guillaume... não é o nome do inspetor do caso Nozière? Além disso, se o senhor fosse inspetor de verdade, saberia que não é assim que se faz um inquérito. O senhor não fez nem mesmo um esforço de ler um conto policial... King Shelter, isso te diz alguma coisa? – Adriana pisca o olho, mas talvez fosse um tique nervoso. – Não faltam motivos para acabar com o senhor: arrombamento de fechadura, violação de domicílio...

– Violetação – corrige o sujeito – Ou violação de outra coisa.

– Perdão? – perguntou gentilmente Adriana.

– Pois é – diz o sujeito –, fiquei doidinho pela senhora. Desde que a vi, pensei: eu não poderia mais viver neste mundo se não recheasse essa aí uma hora dessas, e ainda acrescentei: o mais rápido possível. Não posso esperar. Sou um impaciente: é o meu temperamento. Então eu me disse: esta noite é a minha chance, porque a divina dama vai estar bem solita no seu ninho.

– E como você sabia?

– Porque sou o inspetor Guillaume, ora.

– Diga a verdade, diga a verdade! – Adriana arranca a carteira da mão do sujeito e a balança nas suas fuças.

– Está me chamando de mentiroso? Acha que um polícia não pode se apaixonar?

– Então o senhor é muito burro.

– É assim que a senhora responde à minha declaração de amor?

– Ou o senhor imagina que vou para a cama assim, sob encomenda?

– Sinceramente acho que a senhora não vai resistir ao meu charme pessoal.

Adriana revira os olhos como uma pré-adolescente.

Guillaume continua.

– Vai ver. O meu poder sedutor vai fazer efeito.

– E se não fizer?

– Aí eu pulo em cima da senhora. Na hora.

– Então vai em frente. Experimenta pro senhor ver.

– Ah, não, tenho tempo de sobra. Só como último recurso, que, aliás, a minha consciência não aprova inteiramente, devo dizer.

– E por que não volta para a sua Violette, senhor Guillaume?

– É que eu prefiro mulheres maduras. Sua cútis, suas formas cálidas... desvestidas, desavergonhadas, desventuradas, desventradas... E depois, não me chame de Guillaume. Me irrita. É um nome que inventei na hora. Sou o homem das mil caras. Tenho outros mais convenientes.

– Por exemplo?

– Diga você.

– Monsieur Queneau?

– Bingo!

(A autora deste livro abusa de pastiches. Primeiro, *Zazie no metrô*, depois *A cantora careca*, e novamente *Zazie*, com o estranho encontro entre Marceline e Bertin Poirée, nome este que, por sua vez, parece uma alusão ao inspetor Poirot. Onde é que vamos parar assim?)

—

O ano novo se aproxima, com seus dedos de chumbo.

—

Estou dormindo e escuto o arrastar de uma faca no pão. Cheiro de torrada. Viro de um lado para o outro na cama. De nada adiantou tomar o meu chazinho para dormir. São três horas da manhã e meu filho ainda está acordado, os fones nos ouvidos onde um rap esgrime rimas em ritmo constante. Olho na direção da mesa e o vejo, a cabeça para cima e para baixo mastigando e dançando, dançando e mastigando.

Pego o celular e anoto: "Estou dormindo e escuto o arrastar de uma faca etc. etc.". Pelo menos servirá para o livro.

(Sim, a verdade é que vim a Paris com meu filho de 16 anos, e por todo este tempo ele esteve invisível entre estas páginas. Passei longos dias procurando escola, providenciando comida, escutando atentamente informações sobre partidas de basquete, acompanhando seu progresso na língua, ouvindo-o falar mal dos adolescentes franceses, cuidando de roupas e material escolar espalhados pela casa, entrando em lojas de esporte, procurando passagens baratas para que fosse sozinho visitar amigos em Portugal nos períodos de férias escolares, olhando sua silhueta se esticar, cada vez mais alta.)

—

É o meu último mês em Paris e tenho que cuidar das pontas soltas. Preciso fazer ou refazer fotos para este livro, com uma câmera de alta definição; uma amiga da área de cinema me acompanha para fazer um curta-documentário sobre o processo da pesquisa. Todo dia consulto as previsões da RATP para saber quais são as opções.

É tempo de malogros: teatro malogrado, coral malogrado, espetáculo de balé cancelado. Não consigo chegar em vários lugares. A pesquisa que encomendei nos arquivos das prisões, que estaria pronta em no máximo dois meses, não tem mais previsão de entrega. O Opéra de Paris cancelou todos os espetáculos, por causa da greve dos bailarinos. Não verei Raymonda. Estou cansada e ansiosa.

—

Escrevo em tempo real. Agora. Paris, a 23 dias do meu retorno ao Brasil.

São 9h de uma terça-feira e faço o caminho costumeiro para o balé. Quase sou atropelada por uma bicicleta.

Brigo com o segurança do Louvre e o obrigo a pedir desculpas por uma grosseria. Choro.

Uma moto cai na ciclovia e bate numa árvore, bem próximo a mim.

Ando mais de três quilômetros para almoçar com uma amiga. Na volta, deixo de entrar em dois ônibus lotados e, quando finalmente embarco, desço no meio do trajeto e percorro o resto a pé.

Todas as conversas giram em torno da greve.

(O que acontece com o que se deixa de fora de um livro? Para onde vai? Gosto de pensar que existe um céu dos textos esquecidos, assim como existiria um céu das pessoas esquecidas. Um lugar onde as histórias das Émilies Gallard, das Jeannes Giraud, das Camilles Godard não estariam mortas, onde o que aconteceu e o que poderia ter acontecido andariam de mãos dadas.)

—

Hesito em ir a Vésinet conhecer o local onde Pagu ficou internada em 1935. Não consegui nenhuma informação sobre eventuais arquivos, nem junto ao hospital, nem no Departamento de Yvelines; é quase certo que os registros não existem mais. E com a greve, ficou tudo mais difícil. Prefiro imaginar o lugar, parecido com a montanha mágica de Thomas Mann, e também com o Sanatorinho, onde se internou o jovem Nelson Rodrigues, o real e o personagem do meu primeiro romance. A montanha em que convivem a doença, a fragilidade, a morte, em que se travam batalhas no corpo e no espírito, e o tempo é um mergulho infindável.

—

Já caminho em Paris como quem anda pelo passado.

—

Hoje de madrugada, sonhei com uma jovem dançando com uma echarpe. Era uma mulher muito branca e rija, cujos movimentos graciosos contrastavam com algo de masculino. Com um vestido vaporoso fendido sobre coxas musculosas, corria em direção a uma multidão, e lançava os braços para a frente, como uma dádiva, ou uma súplica. Flores roxas choviam nos seus cabelos.

Acordei com a lembrança de Isadora Duncan, morta estrangulada em 1927 na França, quando sua longuíssima echarpe de seda se enrolou na roda traseira do carro conversível onde estava, ejetando-a e arrastando-a pelo chão.

(Isadora Duncan, a dançarina comunista e bissexual que fascinou os anos loucos. Seu nome significa dádiva de Ísis, a deusa egípcia protetora que trazia sobre a cabeça um disco de sol.)

Pouco depois da sua morte, viriam, nos anos 30, a escalada do fascismo, o terror do comunismo, as sombras de uma grande guerra, a terra devastada.

Hoje, a destruição lança novamente seu manto de fogo e cinzas. Incêndios devastam a Austrália, uma nova guerra se aproxima. Há tempos que filmes, livros e séries mostram zumbis e cenários de apocalipse. Ou o seu desejo. Som e fúria, significando nada.

(É o fim do mundo? De um mundo? O fim do livro?)

—

Encontro, de forma inesperada, um dos acessos ao metrô République aberto. É a saída mais próxima da minha casa entre as dez que existem na estação, a do Boulevard de Magenta. Fechada desde o início da greve, sua atração sobre mim é irresistível. Tinha saído mais cedo para o balé, o dia ainda escuro, as ruas quase desertas. Apenas o louco que dorme em frente ao supermercado e uma ou outra bicicleta se destacavam nas ruas do amanhecer cor de malva.

(Malva s.f. / adj.: planta herbácea originária da Península Ibérica, utilizada para fins medicinais; cor arroxeada, entre o violeta e o magenta, característica das flores dessas plantas. *Ir às malvas:* ir para o cemitério, morrer.)

Sem pensar, entro na estação. Ninguém na cabine de venda de bilhetes, apenas as máquinas automáticas inúteis. Noto pela ausência de sinais luminosos nas catracas que o acesso está liberado. Empurro uma delas e me lanço nos corredores.

O som dos meus passos ecoa nos túneis vazios. Sou como uma sonâmbula prestes a acordar de um sonho, como naqueles desenhos animados em que subitamente um barulho ou um choque imprevisto desperta a máquina do corpo. E então a vejo.

Está de costas, o corpo de 1,60 m encolhido pelo frio. Traz sobre os cabelos revoltos uma boina preta que lembra um chapéu-coco. Fico algum tempo parada, a respiração suspensa. Quando finalmente ela se vira, levo um susto.

O rosto de Pagu está macerado pelos anos. Bolsas lhe empapuçam os olhos, sob o pescoço a pele se anuncia flácida. Seus olhos, entretanto, não envelheceram.

– Não me reconhece? – ela me desafia.

Eu peso minhas palavras:
– Claro que sim... é que não esperava te encontrar aqui.
– Aqui onde? Em Paris ou no metrô? Achei que você tivesse vindo me procurar – ela rebate, entre divertida e amarga.
– Não é isso. Não esperava te encontrar assim.
Pagu solta uma gargalhada.
– Velha?
– É que vim pesquisar sua temporada de 1934-1935. Você tinha então 24 anos, não é? Ou 23, ou 25. Depende que data de nascimento escolhemos.
– Pois é, veio desenterrar umas coisas... (com um esgar amargo). Mas a inspetora Armony parece esquecer que estive em Paris depois também, em 1962.
– Eu sei, eu sei – confirmo, um pouco constrangida.
– Posso te garantir que não foi uma experiência agradável. (mudando de tom) Mas olha, você não está muito melhor do que eu. Já chegou aos 50?
Faço uma pausa significativa, depois respondo.
– Sim, fiz este ano.

Na plataforma do metrô République, duas mulheres se encaram. Uma tem mais de 100 anos, a outra praticamente a metade disso. A centenária tem também 52 anos, e ao mesmo tempo 24. A pesquisadora tem também 24 anos, caminha para os 52 e em um piscar de olhos ultrapassará os 100.

– Vem, quero te mostrar uma coisinha.
Acompanho Patrícia até o final da plataforma. Ela tateia por trás de um tabique de obras, e por um momento acho que ela vai tirar de lá uma ratazana pendurada pela cauda. Mas o que vejo é uma arma.
O pequeno revólver reluz na luz fria do teto e dos olhos de Pagu.
– Que arma é essa?
Ela sopra o cano como nos filmes.
– Ganhei em 1934, quando fazia a guarda da Frente Popular. Mas já tive outras, na Conferência Regional do Rio de Janeiro e na época do jornal *O Homem do Povo*. Gosto de atirar. – Ela me encara, mas parece ver outra coisa no lugar do meu rosto. – Uma vez, em 1938, quando eu, Maria Magalhães, trabalhava para o

Socorro Vermelho, tentei atingir um dos policiais que tinham vindo nos prender, mas fracassei. Sabe o que eu disse pra ele?

Balanço a cabeça negativamente. Pagu recita:

– "Agora que falhei, na ocasião culminante, vocês podem me levar à Polícia, pois eu bem mereço esse castigo." Você me acha cínica? – E, sem esperar resposta, me oferece a arma como um bebê de colo: – Quer pegar?

Recuso educadamente.

– Tem medo?

Reflito um pouco.

– Tenho. Além disso, não vale a pena.

– Covarde.

Começo a falar bem devagar, como se ela fosse uma criança.

– Cuidado, Pagu. Coloca a arma no chão, pode disparar sem querer.

– Já falei mil vezes que meu nome não é Pagu.

– Patrícia.

– Também não.

– Então qual?

– Adivinha.

– Patsy? Mara Lobo? Solange Sohl? Zazá? Zazie?

A mulher começa a dançar à minha volta com o revólver, rindo e balançando a cabeça de um lado para o outro, em sinal de negativa.

Um tiro ressoa no metrô.

Nada nada nada
Nada mais do que nada
Porque vocês querem que exista apenas o nada
Pois existe o só nada
Um pára-brisa partido uma perna quebrada
O nada

—

No Arquivo do Kremlin-Bicêtre, procuro o nome de Patrícia Galvão nos registros de 1962 do hospital Laennec. Segundo as informações de que disponho, em setembro desse ano ela esteve em Paris para se operar de um câncer de pulmão. A operação fracassa e em seguida ela tenta o suicídio. Meses depois, no dia 12 de dezembro, morre em Santos.

Mas o que encontro nos arquivos é um pouco diferente. Está lá o nome de Patrícia Galvão, registrada sob o número 6276, cirurgia na sala Poirier, internada por 16 dias, data de saída 8 de outubro de 1962. A data de nascimento, misteriosamente, é 14 de junho de 1908. O endereço, Boulevard Raspail, 4. A causa da internação, ferimento torácico por bala. Portanto, a cirurgia malograda não parece ter sido causa, mas consequência da tentativa de suicídio.

Fisionomias massacradas
Tipóias em meus amigos
Portas arrombadas
Abertas para o nada
Um choro de criança
Uma lágrima de mulher à-toa
Que quer dizer nada
Um quarto meio escuro
Com um abajur quebrado
Meninas que dançavam
Que conversavam
Nada
Um copo de conhaque
Um teatro
Um precipício
Talvez o precipício queira dizer nada
Uma carteirinha de travel's check
Uma partida for two nada

Uma mulher corre pelos corredores do metrô levando outra nos braços. Seu olhar perdido varre as paredes em busca de socorro.

Num outro corredor, uma outra mulher agoniza. Teve um câncer no ovário que se espalhou pelo útero, e tenta se recuperar de uma cirurgia. Perdeu todos os cabelos e, apesar de ter ido à própria formatura com uma peruca chanel sobre a cabeça pelada, morrerá aos 37 anos. Esta mulher é a minha mãe.

Abri o meu abraço aos amigos de sempre
Poetas compareceram

Alguns escritores
Gente de teatro
Birutas no aeroporto
E nada.

Quando sai do metrô com a mulher desfalecida nos braços, a praça está lotada.

O cheiro de churrasquinho a envolve numa nuvem de gordura. Nos grandes tachos crepitam cebolas carameladas, linguiças cor de sangue, misturas orientais. Uma mulher de turbante colorido apregoa de tempos em tempos um cuscuz. As pessoas tropeçam em passos de dança.

Ninguém parece notá-la. Apura o ouvido: estão gritando em português brasileiro. Pamonha, pamonha quentinha. Carne de verdade, não é de gato, só hoje. Água dois reais na minha mão.

O sol escalda o asfalto, atravessa a sola dos sapatos. Ônibus freiam ruidosamente. Na beira da via que margeia a praça, tendas de cobertura plástica azul abrigam canetas transparentes e produtos eletrônicos baratos. Crianças seminuas de pés descalços olham vitrines de lojas de esporte, se empurrando e rindo.

Ela tira o mantô e o abandona no chão. No ar sopra um cheiro de frutas esmagadas e de mar. Alguns metros adiante, vê o risco negro do batalhão de choque. Soldados de armadura tecnomedieval, postados em frente à multidão, aguardam pacientemente comandos superiores. Ainda não deu a hora marcada para a manifestação, quem sabe quando começarão as bombas e pedras. *Monsieur, s'il vous plaît.* O homem vira ligeiramente o rosto para ela, sem entender. Seu uniforme agora é azul e parece pequeno demais, como se tivesse encolhido na primeira lavagem. Moço, me ajuda, por favor.

O homem as leva até uma galeria junto à estação Carioca e diz: Espera aqui. O corpo pesa nos seus braços mas ainda respira. Ela se senta no degrau de uma escada e sente os cabelos voluptuosos da outra mulher lhe acariciarem os joelhos. A rua em frente é uma massa indistinta e agitada. Uma menininha que passa de mãos dadas com a mãe para e olha a cena com olhos arregalados.

Sou um canal, nada mais que um canal. Com suas verduras, suas algas. Nereidazinhas verdes, às vezes amarelas. Gosto de bandeiras alastradas ao vento. Bandeiras de navio.

Ela vê o homem se aproximando ao longe, acompanhado de uma mulher de cabelo vermelho, de ares profissionais. Terão de atravessar a pequena roda que se formara em torno da mulher que traz a outra nos braços, gente oferecendo água, receitando remédios e rezas, dizendo que vai ficar tudo bem.

Estamos vivos.

Alguma bibliografia

BRETON, André; CHAR, René; DALÍ, Salvador; TANGUY, Yves. *Violette Nozière*. Bruxelles: N. Flamel, 1933.

BUOT, François. *René Crevel: biographie*. Paris: B. Grasset, 1991.

CAMPOS, Augusto de. (Org.). *Pagu: vida-obra*. [1982]. São Paulo: Companhia das Letras, 2014.

FARGE, Arlette. *Le goût de l'archive*. Paris: Éditions du Seuil, 1989.

FERRAZ, Geraldo Galvão (Org.). *Paixão Pagu: a autobiografia precoce de Patrícia Galvão*. Rio de Janeiro: Agir, 2005.

FERRAZ, Geraldo. *Depois de tudo*. Rio de Janeiro: Paz e Terra, 1983.

______. Prefácio. In: GALVÃO, Patrícia. *Parque industrial*. 3ª ed. Porto Alegre; São Paulo: Mercado Aberto; EDUFSCar, 1994. pp. 12–16.

FREIRE, Tereza. *Dos escombros de Pagu*. São Paulo: Editora Senac, 2008.

FURLANI, Lúcia Maria Teixeira. *Pagu - Patrícia Galvão: livre na imaginação, no espaço e no tempo*. Santos: UNISANTA/Universidade Santa Cecília, 1999.

______; FERRAZ, Geraldo Galvão. *Viva Pagu - Fotobiografia de Patrícia Galvão*. São Paulo: Imprensa Oficial do Estado de São Paulo/Editora Unisanta.

GALVÃO, Patrícia (como Mara Lobo). *Parque industrial*. Rio de Janeiro: José Olympio, 2006.

______; FERRAZ, Geraldo. *A famosa revista*. 2ª ed. São Paulo: J. Olympio Editora, 1959.

______. *Safra Macabra*. Rio de Janeiro: J. Olympio, 1998.

______. *Matérialisme & zones érogènes. Autobiographie précoce*. Trad. du portugais (Brésil) par Antoine Chareyre. Le Temps des Cerises, 2019.

______. GALVÃO, Patrícia (Pagu). *Parc industriel: roman prolétaire*. Trad. du portugais (Brésil) par Antoine Chareyre. Le Temps des Cerises, 2015.

GUEDES, Thelma. *Pagu: literatura e revolução*. São Paulo: Ateliê Editorial, 2003.

IONESCO, Eugène. *La cantatrice chauve*. Paris: Éditions Gallimard, 1954. (Collection Folio)

NEVES, Juliana. *Geraldo Ferraz e Patrícia Galvão: a experiência do suplemento literário do Diário de S. Paulo, nos anos 40*. São Paulo: Annablume, 2005.

QUENEAU, Raymond. *Zazie no metrô*. Trad. Paulo Werneck; posfácio Roland Barthes. São Paulo: Cosac Naify, 2009.

______. *Zazie dans le métro*. Paris: Éditions Gallimard, 1959. (Collection Folio)

RIOL, Raphaële. *Ultra violette*. Éditions du Rouergue, 2015.

SILVEIRA, Maria José. *A jovem Pagu*. São Paulo: Nova Alexandria, 2007.

Bibliotecas

Bibliothèque nationale de France – BnF / Bibliothèque de l'Arsenal, Bibliothèque Universitaire Sorbonne Nouvelle, Bibliothèque Littéraire Jacques Doucet.

Arquivos

Préfecture de Police, Archives de Paris, Archives Nationales, Archives Départamentales de la Seine-Maritime, Archives de l'Assistance publique – Hôpitaux de Paris, Arquivo Público de São Paulo, acervo Lúcia Teixeira/Centro Pagu Unisanta.

Agradecimentos

A Claudia Poncioni (Université Sorbonne Nouvelle – Paris 3), supervisora de pós-doutorado, que me orientou nos meandros dos arquivos e bibliotecas de Paris, e cujas observações de leitora atenta foram fundamentais para a escrita deste romance.

A Jacqueline Penjon (Université Sorbonne Nouvelle – Paris 3), pela constante disponibilidade e apoio.

A Beatriz Resende (PACC – UFRJ), pelo estímulo e exemplo.

A Antoine Chareyre, tradutor de Pagu na França, pelas valiosas dicas, inspiração e auxílio.

A Lúcia Bettencourt, leitora de primeira hora, presença amiga e generosa ao longo da minha temporada em Paris.

A Marcela Moura, companheira de balé e de outras artes, pela direção inesperada que deu às minhas palavras.

A Márcia Camargos, amiga entusiasta, pelo apoio.

A Danielle Corpas, pela estimulante leitura inicial.

A Bruno Gomide, pelo suporte russo.

A Adriana Brandão, Paulo Iumatti e Mazé Torquato Chotil, pelo interesse e divulgação.

A Dominique Stoenesco, pela leitura generosa.

A Kenneth David Jackson, pelas preciosas referências à figura de Solange em Paris.

A Lúcia Furlani e Leila Gomes Freitas, do Centro de Estudos Pagu Unisanta, e aos funcionários do Arquivo Público de São Paulo, pela disponibilidade e orientações para a consulta de documentos.

A Pérola Milman, pelas valiosas impressões de leitura.

A Boris Labidurie, dos Archives Nationales, guia que me conduziu ao dossiê de Patrícia Galvão.

Ao Colégio Pedro II, pela licença concedida para a pesquisa de pós-doutorado que deu origem a este trabalho.

A Simone Paulino, por acreditar na força deste livro.

Aos meus filhos João Marcelo, companheiro de viagem, e Sofia Armony Sampaio, fonte contínua de saudade, pela compreensão da ausência.

Dossiê de Patrícia Galvão

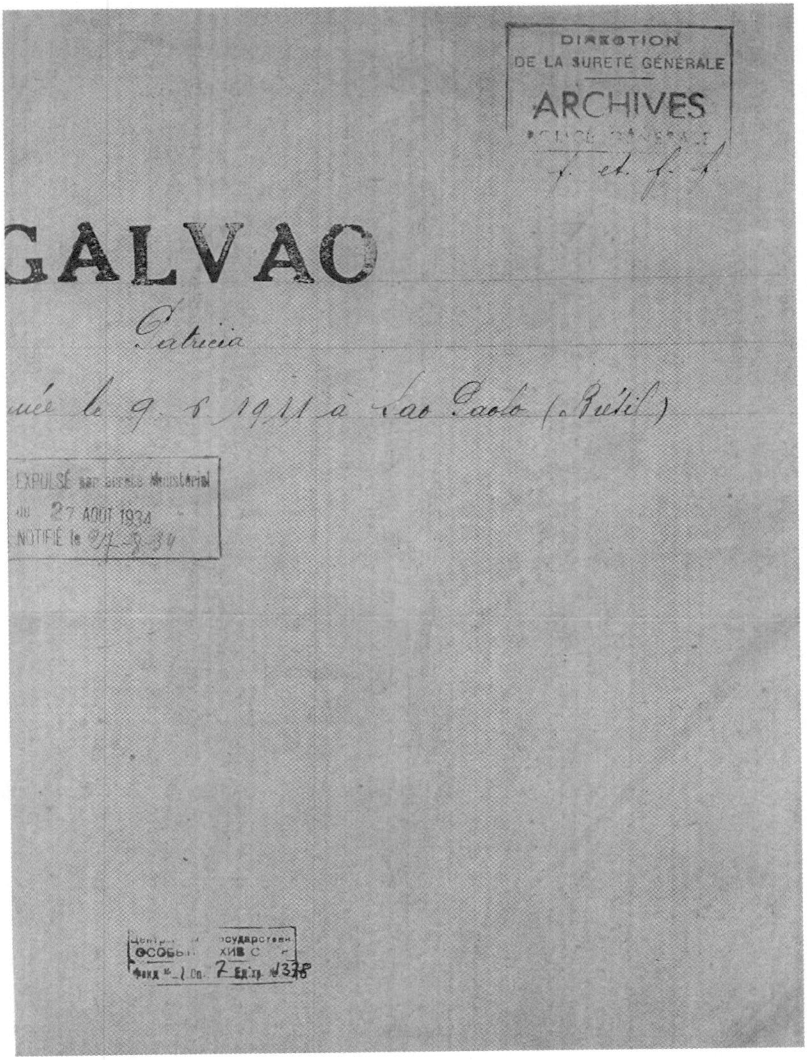

MINISTÈRE
DE L'INTÉRIEUR

DIRECTION GÉNÉRALE
DE LA
SURETÉ NATIONALE

7ème Bureau

P. G.

RÉPUBLIQUE FRANÇAISE

Paris, le 27 Août 1934 193

PROJET D'ARRETE

portant expulsion de la nommée GALVAO Patricia, née le 9 Juin 1911, à Sao-Paulo (Brésil), de nationalité brésilienne.

-:-:-:-:-:-

Cette étrangère, qui séjourne irrégulièrement sur notre territoire, a été appréhendée, à Paris, au moment où elle distribuait des tracts contre les manoeuvres aériennes.

Elle est signalée, en outre, comme une active propagandiste révolutionnaire, assistant régulièrement aux réunions et meetings organisés par le parti communiste.

H.R.

RÉPUBLIQUE FRANÇAISE

PRÉFECTURE DE POLICE

CABINET DU PRÉFET

SOUS-DIRECTION ADMINISTRATIVE

Service des Étrangers

61 E

ÉTRANGERS DÉTENUS PASSIBLES D'EXPULSION

NOTICE INDIVIDUELLE

1. Nom et prénoms	GALVAO, Patricia, divorcée de Oswald Andrade
2. Filiation	de Thiers et de Redher Adelia
3. Date, lieu de naissance et nationalité	9.6.1911 à Sao Paulo (Brésil), brésilienne
Domicile actuel des parents	ignorée
4. Célibataire, marié, veuf, nombre d'enfants.	divorcée, un enfant de 4 ans
Est-il séparé ou accompagné de sa famille.	seule
5. A-t-il satisfait à la loi du recrutement	
Est-il déserteur, de quel régiment et à quelle date	
6. Depuis quand réside-t-il en France	2 mois 1/2
Villes où il a demeuré	Paris
7. Chez qui a-t-il travaillé, combien de temps	journaliste
Conduite habituelle	
Moyens actuels d'existence	
8. Domicile lors de son arrestation	9, Rue du Square Carpeaux
9. Motifs et date de la condamnation	
Circonstances de fait dans lesquelles elle est intervenue	
Tribunal qui l'a prononcée	
10. Libérable le	
11. Antécédents	
A-t-il subi d'autres condamnations, soit en France, soit dans son pays	non
En indiquer la nature, le nombre et les dates	
12. A-t-il déjà été expulsé	non
A quelle date et par quelle autorité	
13. Y a-t-il des motifs qui s'opposent à son retour dans son pays	non
Si oui, avoir bien soin de les énumérer	

Voir au verso

Modèle 39.

MINISTÈRE

DE L'INTÉRIEUR

DIRECTION

DE LA

SÛRETÉ GÉNÉRALE

DIRECTION GÉNÉRALE DE LA SÛRETÉ NATIONALE

7ème 2e BUREAU

Police des Étrangers.

EXPULSION

RÉPUBLIQUE FRANÇAISE

LE MINISTRE DE L'INTÉRIEUR,

Vu l'article 7 de la loi des 13-21 novembre et 3 décembre 1849, ainsi conçu :

« Le Ministre de l'Intérieur pourra, par mesure de police, enjoindre à tout « étranger, voyageant ou résidant en France, de sortir immédiatement du « territoire français et le faire conduire à la frontière. »

Vu l'article 8 de la même loi ainsi conçu :

« Tout étranger qui se serait soustrait à l'exécution des mesures énoncées « dans l'article précédent, ou qui, après être sorti de France par suite de ces « mesures, y serait rentré sans permission du Gouvernement, sera traduit devant « les tribunaux et condamné à un emprisonnement d'un mois à six mois. »

« Après l'expiration de sa peine, il sera reconduit à la frontière. »

Vu les renseignements recueillis sur la nommée GALVAO Patricia, née le 9 juin 1911, à Sao-Paulo (Brésil), de nationalité brésilienne;

Considérant que la présence de l'étranger, susdésigné, sur le territoire français est de nature à compromettre la sûreté publique ;

Sur la proposition du Préfet de Police

ARRÊTE :

ARTICLE PREMIER. — Il est enjoint à la susnommée de sortir du territoire français.

ARTICLE 2. — Le Préfet de Police est chargé de l'exécution du présent arrêté.

L'exécution devra avoir lieu, en cas de besoin, même au domicile de l'expulsé ou au domicile du tiers qui lui donnerait asile.

Fait à Paris, le 27 Août 1934

Pour le Ministre de l'Intérieur

Signé:

Le Ministre de l'Agriculture

chargé de l'intérim

Pour ampliation: Signé : QUEUILLE

Pour le Directeur de la Sûreté générale :

LE SOUS-CHEF DU 2e BUREAU,

S. G. 1907 C

T. S. V. P.

Ministère
de l'Intérieur.

Direction
de la
Sûreté Générale.
DIRECTION GÉNÉRALE DE LA SURETÉ NATIONALE

7ème Bureau.

Police des Etrangers.

Expulsion.

République Française.

Le Ministre de l'Intérieur,

Vu l'article 7 de la loi des 13-21 novembre et 3 décembre 1849, ainsi conçu :

« Le Ministre de l'Intérieur pourra, par mesure de police, « enjoindre à tout étranger voyageant ou résidant en France de « sortir immédiatement du territoire français et le faire conduire « à la frontière. »

Vu l'article 8 de la même loi, ainsi conçu :

« Tout étranger qui se serait soustrait à l'exécution des « mesures énoncées dans l'article précédent, ou qui, après être « sorti de France par suite de ces mesures, y serait rentré sans « permission du Gouvernement, sera traduit devant les tribunaux « et condamné à un emprisonnement d'un mois à six mois. »

« Après l'expiration de sa peine, il sera reconduit à la « frontière. »

Vu les renseignements recueillis sur la nommée GALVAO Patricia, née le 9 juin 1911, à Sao-Paulo, (Brésil) de nationalité brésilienne;

Considérant que la présence de l'étranger susdésigné sur le territoire français est de nature à compromettre la sûreté publique;

Sur la proposition du Préfet de Police

Arrête :

Article premier.

Il est enjoint à la susnommée de sortir du territoire français.

Article 2.

Le Préfet de Police est chargé de l'exécution du présent arrêté.

A PARIS le 27 Août 1934

Pour le Ministre de l'Intérieur
Le Ministre de l'Agriculture
Chargé de l'Intérim

[signature]

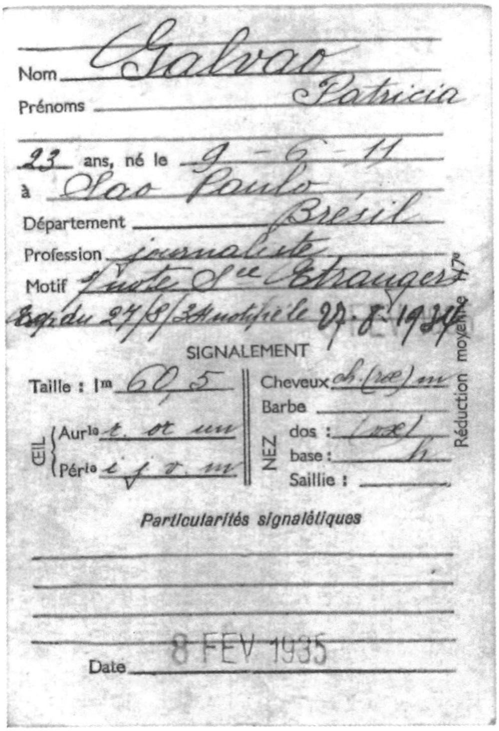

Nom Galvao

Prénoms Patricia

23 ans, né le 9-6-11

à Sao Paulo

Département Brésil

Profession journaliste

Motif Visite Sce Etrangers

Exp. du 27/8/34 notifié le 27-8-1934

SIGNALEMENT

Taille : 1m 60,5

ŒIL Aurle t. ot. un

Périe i j v. m

Cheveux ch.(re) m

Barbe

NEZ dos : (rx)

base : h

Saillie :

Réduction moyenne 1/7

Particularités signalétiques

Date 8 FEV 1935

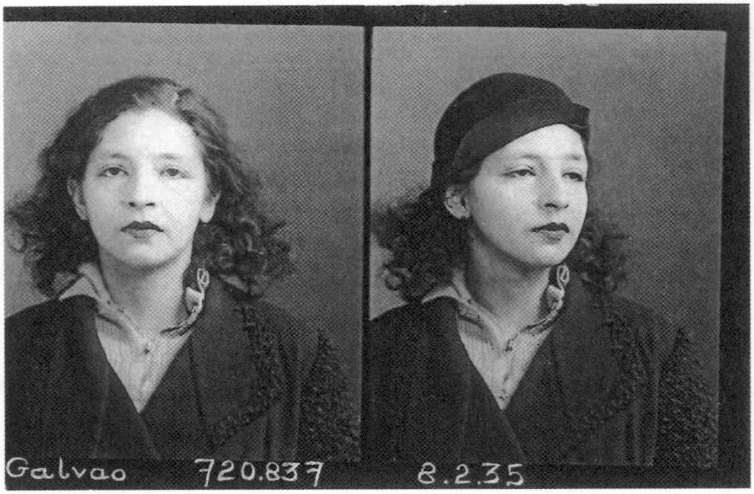

Sobre a autora

Adriana Armony é escritora, professora do Colégio Pedro II, no Rio de Janeiro, e doutora em Literatura Comparada pela UFRJ, com pós-doutorado na Sorbonne Nouvelle (Paris 3). Publicou os romances *A fome de Nelson* (2005); *Judite no país do futuro* (2008); *Estranhos no aquário* (2012), premiado com a bolsa de criação literária da Petrobras, e *A feira* (2017), finalista do Prêmio Rio de Literatura.

Direção editorial SIMONE PAULINO
Assistente editorial GABRIEL PAULINO
Projeto gráfico BLOCO GRÁFICO
Assistentes de design NATHALIA NAVARRO, STEPHANIE Y. SHU
Preparação CANDICE DE CARVALHO
Revisão ALEX SENS
Produção gráfica MARINA AMBRASAS
Assistente comercial LOHANNE VILLELA

Imagens de capa e pp. 135–40: Dossier de GALVAO, Patricia – Fonds de Moscou – Boîte 940448, Dossier 1378 – Archives Nationales de Pierrefitte-sur-Seine, France

Texto atualizado segundo o novo Acordo Ortográfico da Língua Portuguesa.

Dados Internacionais de Catalogação na Publicação (CIP)
de acordo com ISBD

A733p
Armony, Adriana
Pagu no metrô / Adriana Armony
São Paulo: Editora Nós, 2022
144 pp.

ISBN: 978-65-86135-56-5

1. Literatura brasileira. 2. Romance. I. Título.

CDD 869.89923
2022-268 CDU 821.134.3(81)-31

Elaborado por Vagner Rodolfo da Silva, CRB-8/9410

Índice para catálogo sistemático:
1. Literatura brasileira: Romance 869.89923
2. Literatura brasileira: Romance 821.134.3(81)-31

FONTES Dover Serif Text, Coign Pro
PAPEL Pólen Soft 80 g/m^2
IMPRESSÃO Maistype